KB153939

캐나다에서 바라본 세상

느리게 가는 버스

| 성우제 지음 |

강

"흔들리지, 흔들리잖게"

머리말을 쓰려고 노트북을 열자마자 떠오르는 장면이 하나 있다.

내가 대학을 다니던 1980년대 초, 캠퍼스의 나무들은 날이면 날마다 최루탄 세례를 받아야 했다. 때로는 가지에 불이 붙어 '장렬하게 산화' 해간 나무도 적지 않았다. 불에 타 죽든, 최루 가루에 말라 죽든 나무가 있던 그 자리에는 어김없이 비슷한 크기의 나무가 바로 들어섰다. 새로 온 나무의 몰골은 불에 타 시커멓게 변한 그 자리의 전 주인보다 더 흉측했다. 가지는 몽당몽당 잘리고, 가지보다 더 몽당몽당 잘린 뿌리는 새끼줄로 칭칭 동여매어져 있었다.

이식된 그 나무들은 절반쯤 죽어나갔다. 하얀 최루 가루를 덮어쓰는 것은 피할 수 없는 숙명이었다. 게다가 자기가 살던 땅의 흙을 뿌리에 조금 얹어 왔다고는 하지만 그것만으로 새로운 땅에 적응하기가 여간 어렵지 않았을 것이다. 어린 묘목들은 세상 물정 모른 채 무럭무럭 잘 자란 반면, 다 커서 뿌리가 잘린 채 새 땅에 온 나무들은 실뿌리를 내리고 잎 하나 피우는 것조차 힘겨워 보였다.

누가 가라고 등을 떠민 것은 아니지만 막상 캐나다라는 새 땅에 오고 보니, 내 신세가 꼭 대학 시절 애처롭게 지켜본 이식된 나무와 같은 꼴이었다. 1998년 우즈베키스탄에서 만났던 고려인들, 스탈린이 연해주에서 중앙아시아로 강제 이주 열차에 태워 쫓아보낸 이들의 불행에 비한다면야 나의 그것은 '낯섦' 정도일 것이다. 그래도 수중에는 십수 년 직장 생활에서 얻은 퇴직금과 작은 아파트를 팔고 온 돈, 말하자면 그냥 까먹어도 얼마간 버틸 수 있는 여력이 있었다. 게다가 캐나다는 최소한 배는 곯리지 않는 나라여서 굶어 죽을 염려 또한 없었다.

그래도 실뿌리를 내리는 데 적지 않게 아팠다. 좀더 정확하게 말하자면 경제적으로 불안했으며, 정신적으로는 더 불안했다. 그 불안함은 시간이 지나도 없어질 기미가 보이지 않는다. 처음에는 그 불안 때문에 문화적 충격 따위는 끼어들 틈도 없었다. 초기에는 구체적으로 불안했으나, 시간이 지나 점차 안정이 되어갈수록 막연하게 불안하다. 입속에서는 대학 시절 부르던 「흔들리잖게」라는 노래가 늘 맴돈다.

경제적 불안은 그렇다 치더라도, 정신적 불안의 정체는 무엇일까. 한국 음식을 먹고, 한국 사람들과 자주 만나고, 당연히 한국말을 하고, 한국 드라마까지 꼬박꼬박 챙겨 보면서(나는 지금 김수현, 이환경, 최완규 각본의 드라마 세 편을 동시에 보고 있다. 한국에 살 때는 한 편도 보기 어려웠다), 한국에서 살 때보다 어쩌면 더 한국적으로 살면서도 공중에 붕 떠 있다는 느낌을 받는다. 이것이 바로, 말로 표현하기 힘든, 옮겨 심어진 나무들이 갖는 공허하고 낯선 느낌일 터이다.

이 책을 펼친 독자들은 다음과 같은 것을 매우 궁금해할 것이다.

1. 멀쩡한 직장 집어치우고 이민은 왜 갔는데?
2. 가서 뭘 해먹고 사는데?
3. 가서 만족해, 어째?
4. 한국을 떠났으면 그만이지, 왜 책까지 내며 기웃거리는데?

가장 쉬운 답부터 하고 넘어가자. 2번이 가장 쉽다. 나는 지금 작은 가게를 하고 있다. 답은 간단하지만 이 가게를 얻기까지 대학 시절과 똑같은 4년을 꼬박 '공부'하며 보내야 했다.

더 내려갈 곳이 없는 가장 낮은 곳에서부터 출발했다. 그것이 초기의 불안을 해소하는 가장 간단한 방법이었다. 육체노동을 처음 해보는 터여서 몸은 말할 수 없이 고단했다. 이 책에 실린 글들은 바로 그 기간에 주로 적은 것들이다. 잡문이나마 글쓰기가 나에게는 일종의 휴식이었다.

나머지 1번, 3번, 4번의 해답은 단답형으로 하기도 곤란하거니와 명확하게 말하기도 어려운 것들이다. 이 책의 내용이 바로 그것이다. 정확하게 맞아떨어지는 정답도 있겠으나, 이리저리 유추해야 할 것들이 더 많다.

이 책은, 초기 이민자로서 불안에 떨며 지내는 동안 한편으로 그 불안을 희망으로 다독거리느라 쓴 글들인 만큼 '이민 수기' 정도가 될 수도 있을 것이다. 처음 목격해 낯설었던 캐나다의 모습도 있고, 처음으로 이방인이 되어 바라본 한국과 한국 문화에 대한 내용도 있다. 때로는 어느 편에도 속하지 않는다는 생각이 들었으나, 그 처지가 양쪽을 좀더 선명하게 볼 수 있는 눈을 만들어주기도 했다.

이 대목에서 이민과 관련해 반드시 짚고 넘어가야 할 점이 하나 있다. 이 책에 실린 이민과 관련한 내용은 순전히 나의 개인적인 체험을 통해 나온 것, 객관화할 수 없는 지극히 주관적인 내용이라는 사실이다. '캐나다는 이렇다더라' '이민은 이렇다더라' 하는 식으로 일반화할 내용은 아니라는 애기다. 하여, 이 책에서는 캐나다 이민에 관한 '일반 정보'를 얻기는 어려울 것이다.

이민 수기가 되었든, 산문이 되었든 그동안 잡글이나마 쓰게 해준 고마운 매체들이 있었다. 나의 친정『시사저널』이 그 첫번째이고『월간 객석』 『생활성서』『월간 인권』 등에서 친구를 잊지 않고 먼 곳에까지 청탁을 해왔다. 고려대 교우회 토론토지부 홈페이지를 만들고 운영하는 남상현 선배님(무려 21년 선배시다)께서도 '성우제 칼럼'이라는 글밭을 만들어 글 쓸 기운을 북돋워주셨다.

한국에서 커피 마니아였던 시절에 쓴 글까지 모아보니 그럭저럭 책 한 권 분량이 되었다. 원고를 선뜻 받아준 강출판사에 감사드린다. 이집트 등 국내외 수많은 출장지에서 살을 맞대가며 쌓은 '그놈의 정' 때문에 후배의 부탁을 거절하지 못한『시사저널』사진부장 백승기 선배께 특히 고맙다는 인사를 전한다. 이 책에 실린 대부분의 사진을 백선배가 구해주셨다. 지극한 애정과 관심으로 내게 글을 쓸 시간과 여유를 안겨주신 토론토의 김종성 선배님과 정성희 사모님께 다시 한번 깊은 감사의 인사를 올린다.

2006년 12월

성우제

| 차례 |

머리말 "흔들리지, 흔들리잖게"   5

느리고 아름다운 愛

자녀에게 남겨줄 유산 "너희와 함께했다"   15

시각장애인과 버스기사가 맞잡은 손   22

성시경, 사랑과 감동 속에 수술 받다   28

한국의 장애 현실, 여전히 배가 고프다   46

입양아 부모 교육열 '뜨겁다'   54

돌아보고 깨우치는 生

어학연수에 대한 생각   63

고딩은 노느라 대딩은 공부하느라 '코피 터진다'   68

캐나다 영어 산업, 한국 학생이 '봉'이다   75

이민은 만병통치약이 아니다   78

누가 캐나다를 '천국'이라 하는가   83

내가 외국에 산다고?   95

기쁘고 행복한 人

내 마음속의 스승들　105

'롬'에서 빛난 한국의 긍지　119

되찾은 보물 '김준근'　124

기산 그림에 서양이 반했다　149

토론토의 국악 전도사, 유경　153

퍼포먼스 삶을 살다 간 천재 백남준　162

김훈에 대한 추억　169

프랑스의 강운구, 한국의 브레송　180

시끄럽고 재미난 世

캐나다 일간지와 벌인 한국인 '월드컵 싸움'　191

하늘엔 러브호텔 떠 있고?　195

정권 뒤바꾼 9백억 원 부패 스캔들　198

음주운전은 만국 공통의 '공공의 적'　202

갈색 향이 빚어내는 지적 활동의 윤활유　206

공정거래로 '커피 농민' 살리자　222

커피는 '착취'를 먹고 자란다　229

느리고아름다운 愛

자녀에게 남겨줄 유산 "너희와 함께했다"

　제가 처한 처지를 있는 그대로 이야기하는 것으로 글을 시작해야겠습니다.

　저는 지금 캐나다 토론토에 살고 있습니다. 한국에서 기자로 만 13년 동안 일하다가, 지난 2002년 5월 이곳으로 이민을 왔습니다. "멀쩡한 직장 관두고 왜 이민을 가느냐"는 말을 주변에서 더러 듣기도 했지만, "그래 너 잘 간다. 부럽다"는 말을 더 많이 들은 것 같습니다.

　2000년대 들어 한국에서 삼사십대들 사이에 이민 열풍이 불었습니다. 공통적인 이유로 꼭 끼는 것이 '자녀 교육' 문제입니다. 경쟁의 지옥 속에서 우리 아이를 구출하겠다는 갸륵한 뜻이 담겨 있지요. 따지고 보면 어른들이 그 경쟁에 지쳤기 때문인데도 말입니다.

　어쨌거나, 이민을 와서 한 발짝 두 발짝 정착을 하며 살고 있습니다. 만

2년이 다 되어가는 지금 '나도 정말 우리 아이들 교육 문제로 이민을 왔나?' 하고 가끔씩 자문해봅니다. 한데 '그렇다'고 확실하게 대답하지 못하겠습니다. 제가 외국 생활을 동경해서 떠나온 측면도 상당히 크기 때문입니다.

그러니까 우리 아이들에게 "아빠는 이민으로 너희들에게 좋은 교육 환경을 열어주었단다. 그러니 너희는 엄마 아빠의 이 고뇌에 찬 결단에 대해 감사해야 한다"와 같은 말은 할 수 없겠지요. 솔직히 말해서 그렇다는 겁니다.

그러면 아버지로서 내가 남겨줄 유산으로는 어떤 것이 있을까? 『생활성서』로부터 이같은 내용의 원고를 청탁 받은 이후 처음으로 저는 저 스스로에게 이 질문을 해보았습니다.

재산을 남겨주면 좋겠지요. 전혀 물려주지 않는 것보다야 나을 것입니다. 수십억, 수백억 원을 남기는 건 바라지도 않습니다. 그렇게 할 자신도, 가능성도 전혀 없으니까요. 그럼 무엇을 남길 것인가?

오늘 저희 식구는 토론토에서 가까이 지내는 다른 세 가족과 함께 겨울 농장에 가서 하룻밤을 보내고 왔습니다. 토론토의 겨울 추위는 말 그대로 살인적이어서 겨울에는 웬만하면 바깥나들이를 하지 않습니다. 그런데도 작년에 이어 기어코 또 갔습니다. 왜 갔는가?

일단 집 바깥으로 나서면 어떻게든 가족들이 한 공간 안에서 이런저런 모습들을 보고 친해질 기회가 집보다는 많아집니다. 집 안에서 주말을 보낼 때의 풍경을 보면, 저는 보통 컴퓨터 앞에 앉아 있고, 큰아이도 컴퓨터, 둘째는 텔레비전 만화영화에 줄곧 매달립니다. 일주일을 일뿐 아니라 아이들하고 씨름을 한 아내 또한 기진맥진해 있기는 마찬가지입니다. 대화란 있을 수 없습니다. 무언의 대화조차 없습니다. 서로, 각자, 놀거나 쉬기에 바빠서 그렇습니다.

사정이 그러하다보니, 주말만 되면 거의 필사적으로 바깥으로 나갑니다. 금요일과 토요일 밤의 스케줄은 거의 빡빡하게 짜여 있습니다. 다른 가족이 오거나 우리가 가거나, 아니면 함께 뭉쳐서 바깥으로 나가곤 합니다.

5월께부터는 공원에 가서 공을 차고, 고기를 함께 굽습니다. 6월께부터 캠핑장을 찾기 시작하여 10월까지 서너 차례는 갑니다. 차를 몰고 서너 시간을 달려가서 텐트를 치고, 전기담요를 깔고, 고기를 굽고, 어른들끼리는 맥주잔을 기울입니다.

가족 나들이에서든, 캠핑에서든 아이들과 직접 대화를 나눌 기회는, 또 솔직히 말씀드리자면 그다지 많지 않습니다. 아이들은 자기들끼리 놉니다. 어른들은 바깥에서 이런저런 세상 돌아가는 이야기를 하면서 놉니다.

이것이 유산과 무슨 상관이 있는가? 저는 우리 아이들에게 물려줄 거창한 것을 하나도 가지지 못했습니다. 말씀드렸다시피 돈도 별로 없고, 사회적으로 '누구의 자식'이라는 영예를 안겨주는 것도 거의 불가능할 것 같습니다. 한국에서도 필부였을 뿐 아니라, 이곳에서는 몸으로 벌어먹고 살아가야 하는 이민 1세대이기 때문입니다.

■■
봄 캐나다는 캠핑의 천국이다. 온타리오주에는 수많은 주립공원이 있는데 전기가 들어오는 캠핑장이 많다. 아이들과 시간을 보내기에 캠핑만큼 좋은 것이 없다. 캠핑카를 몰고 오는 사람들이 많지만 우리 가족은 텐트를 친다. 그 안에 전기담요를 깔고 밤에 아이들과 뒹구는 맛이 여간 좋은 게 아니다.(위 왼쪽) ⓒ 김상현

여름 캐나다에는 바다는 없는 대신 바다 크기만한 호수가 많다. 2005년 여름 온타리오주 북쪽에 있는 슈피리어호에 가서 신나게 놀았다. 호수 안에 있는 바위섬에서 아이들은 물장구를 쳤다. 호수의 물은 차가웠지만 바위섬 물은 따뜻했다.(아래 왼쪽) ⓒ 김상현

가을 캐나다에는 호수가 인구 숫자와 맞먹는 3천만 개쯤 된다. 주립공원들은 대부분 호수를 끼고 있다. 캠핑 중에 즐길 수 있는 놀이 가운데 하나가 카누 타기이다. 2003년 늦가을, 본에코 공원에서 찍은 사진이다.(위 오른쪽)

겨울 2005년 크리스마스를 아이들과 함께 통나무집에서 보냈다. 통나무집에서 장작을 때고, 바깥에서는 눈썰매를 탔다.(아래 오른쪽) ⓒ 김상현

그러나 아이들과 주중이든 주말이든 되도록 많은 시간을 보내면서 아이들에게 '아빠는 우리와 늘 함께한다'는 느낌과 인상은 최소한 남겨주고 싶습니다. 어쨌거나 아이들과 접촉을 많이 하다보면 대화할 시간도 그만큼 많을 것입니다. 직접 대화는 아니라 하더라도, 집 바깥으로 자꾸 나서서 자주 접촉하다보면 친밀감은 그만큼 더 커질 것입니다.

아이와 친하게 되면 대화가 많아질 것이고, 그렇게 하다가 아이가 '아빠를 닮고 싶다'는 생각까지 해준다면야 더 이상 바랄 것이 없겠습니다. 아이가 '우리 아빠는 정말 성실하고 착하고 정직하게 세상을 사신 분이야'라고 생각해준다면 더더욱 바랄 게 없겠지요. 그래서 저를 위해서뿐만 아니라 우리 아이들을 위해서 성실하고 정직하게 세상을 살려고 합니다. 아이에게 그렇게 사는 모습을 어찌 말로 할 수 있겠습니까? 자꾸자꾸 함께하는 시간을 늘리면서, 봐주고, 느껴주기를 바랄 수밖에 없겠지요.

정신적 유산으로 똑 부러지게 남길 것이 저에게는 별로 없습니다. 은행 통장 주는 것처럼 뚝딱 넘겨줄 수 있는 것도 아니고, 평소에는 무관심하다가 어느 날 갑자기 태도를 바꾸어 '사랑한다'며 아이 얼굴에 뺨을 비빈다고 될 일이 아닌 것 같습니다.

일상 속에서 그저 뚜벅뚜벅 열심히 성실하게 살면서, 아이들과 보내는 시간을 되도록 많이 가져서 아빠를 신뢰하게 된다면 그것으로 그만입니다. 말하자면 아이에게 사랑받고 존경받는 아빠가 되는 것 자체가 유산이랄 수 있겠지요.

저는 이곳에서 20대 자식들과 골프를 함께 치는 늙은 아버지들을 더러

봅니다. 아이들이 예약을 하고 아빠를 초대합니다. 그린에서 부자는 사소한 대화를 끊임없이 나눕니다.

아빠의 대학 동문 모임에 20대 딸이 참석해 근사하게 춤을 추며 분위기를 돋우는 모습도 보았습니다. 한국에서라면 정말 보기 힘든 광경입니다. 어려서부터 자녀가 아빠와 함께하는 것이 너무나 자연스러워, 철이 들어서도 아빠가 함께 가자고 하면 어디든 따라나서는 문화 말입니다. 사소한 것 같지만 수십 년간 훈련되지 않으면 절대 만들어지지 않는 관계입니다.

저는 바로 그 관계, 그리고 그 관계들로 인한 아빠에 대한 기억과 그리움을 아이가 평생 품고 살 수 있다면 더 이상 바랄 것이 없겠습니다. 쓰다 보니, 주는 것 없이 아빠의 욕심만 너무 앞세운 것 같습니다.

시각장애인과 버스기사가 맞잡은 손

2001년 2월 뉴욕 출장길에 캐나다 토론토에 들러 어느 선배네 집에 머문 적이 있다. 그 선배의 출근길에 따라나서게 되었는데, 그 선배가 조용하게 말했다.

"저것 봐라. 한국에서는 상상도 못할 일이다."

선배의 말대로 대단히 놀라운 풍경이 눈앞에 펼쳐졌다.

버스기사가 정류장에 차를 세우더니, 어느 승객의 손을 잡고 함께 내리는 것이었다. 두 사람은 길을 가로질러 갔다. 그 승객이 혼자 안전하게 길을 찾아갈 수 있을 때까지 기사가 안내를 했다. 승객은 지팡이를 들고 다니는 시각장애인이었다.

바쁜 출근 시간에 버스기사가 차를 세우고 시각장애인을 돕는 그 광경보다 더 놀라운 것이 있었다. 일반 승객들이었다. 장애인 한 사람을 위해 출근길 버스가 몇 분 동안이나 멈춰 서 있어도 불평하는 사람이 없었다. 대수로운 일이 아니라는 듯 무심한 표정들이었다. 그러니까 일상에서 늘 벌어지는 당연한 일이기 때문에, 우리 두 사람을 뺀 그 누구도 별 관심을 갖지 않는 듯했다.

2002년 5월 토론토로 이민을 온 나는 샌드위치 가게에서 6개월 정도 일한 적이 있다. 건물 바깥으로 배달을 나가는 일이 주임무였는데 배달 분량이 많아 작은 수레를 사용해야 했다. 전임자는 나에게 일을 가르치면서 이렇게 말했다.

"이곳은 장애인이 우선이어서요, 수레가 못 가는 곳이 없어요."

그의 말은 맞았다. 수레를 밀고 2킬로미터 정도를 걸어가도, 어느 고층 건물에 들어가도 턱 때문에 고생하는 일이 없었다. 출입문에는 휠체어 장애인을 위한 자동문이, 계단에는 전용 엘리베이터가 반드시 설치되어 있었다.

어느 날 내가 사는 아파트에 시각장애인 한 명과 맹인견이 모습을 드러냈다. 그로부터 얼마 지나지 않아 아파트 엘리베이터에 점자가 등장했다. 점자는 그것을 필요로 하는 사람이 사는 21층, 그리고 1층, 주차장이 있는 지하 1, 2층 단추 옆에 붙어 있었다. 수백 가구를 관리하는 아파트 관리사무소에서 바로 그 한 명의 입주자를 위해 엘리베이터 다섯 대 전체에 점자를 붙였다.

내가 장애인 처우 혹은 복지 문제에 대해 남들보다 좀더 관심을 기울이는 이유가 있다. 나의 큰아이가 청각장애를 갖고 있기 때문이다. 우리 가족이 이민을 온 가장 큰 이유가 바로 그것이다. 시각장애인에 대한 버스기사의 배려를 보고 나는 이민 결심을 굳혔다. 저 아름다운 광경 하나가 한 사회의 분위기를 상징적으로 드러낸다고 판단했다.

장애인에 관한 캐나다 사회의 처우 수준과 그 구체적인 사례에 대해, 나는 아는 것이 많지 않다. 다만 한 가지 분명하게 아는 사실은 이번 9월 7학년(중학교 1학년)이 된 우리 아이가 어떤 종류의 교육과 대우를 받고 있는가 하는 것이다. 우리 아이의 이야기는 장애인에 대한 캐나다 사회의 인식을 드러내는 하나의 보기가 될 것이다.

우리 아이의 이름은 유명 가수 이름과 똑같은 성시경이다. 1992년 12월생으로, 두 돌이 채 되기 전에 청각장애 판정을 받았다. 한국에서 특수교육 기관을 거쳐 일반 학교에 다니다가 4학년 초에 캐나다로 건너왔다.

2002년 9월 시경이를 일반 공립 초등학교에 보낸 뒤, 담임교사에게 면담을 청했다. 청각장애가 있으니 배려해달라고 부탁하기 위해서였다. 그런데 담임교사와 면담하러 간 아내는 깜짝 놀랐다. 교장, 교감, 담임교사, 영어 담당교사, 교육청 담당자, 통역자까지 한자리에 모였다는 것이다. 아내를 포함해 일곱 명이 시경이의 상태에 대해 의견을 나누었다.

시경이의 수업 태도를 이미 지켜본 교육청 담당자는 보고서를 작성했다. 나와 아내는 시경이에게 알맞은 교육 프로그램을 찾는 데 적어도 몇 개월은 걸릴 것이라고 생각했다. 한국과 달리 캐나다의 행정 처리는 느리기 짝이 없기 때문이다. 그러나 우리의 예상은 보기 좋게 깨졌다.

회의가 열린 지 사흘 뒤 교육청 담당자에게서 연락이 왔다. 그가 전한 내용은, 시경이가 다닐 학교가 정해졌다, 다음 주부터 그 학교로 등교하면 된다, 그 학교에는 청각장애 어린이들을 교육하는 특수반이 있다, 집에서 학교까지 40분쯤 걸리니 아침에 택시를 보내주겠다, 택시비는 교육청에서 부담한다, 내일 학교에 가서 담임교사와 시경이 친구들을 미리 만나보라 등등이었다. 속전속결이었다. 평소에는 속이 터질 정도로 느려도, 장애 어린이 교육과 같은, 그들이 생각하기에 긴급한 문제가 생기면 눈 깜짝할 사이에 해결책을 내놓았다.

시경이가 다닐 새로운 학교 또한 일반 공립 초등학교였다. 학교에는 청각장애 특수반이 있고, 필요한 경우 일반 어린이반에 보내 통합 교육을 시키고 있었다. 장애 어린이들은 다른 어린이들과 친숙해질 기회를 갖게 되고, 다른 어린이들도 장애 어린이들과 섞여 공부함으로써 서로가 서로를 자연스럽게 받아들이는 기회를 만들어주는 것이다.

시경이네 반 아이들은 모두 FM 보청기라는 특수 시스템을 사용했다. 기존 보청기에 선을 연결하면 선생님 목에 걸려 있는 고성능 마이크를 통해 소리가 더 크고 정확하게 들리게 하는 시스템이다. 한국에서는 말로만 들었을 뿐 한번도 보지 못한 것이었다.

시경이 담임교사인 하드만 선생 또한 청각장애인이었다. 그녀는 시경이보다 청력이 더 나빠서 구화(口話)와 수화(手話)를 동시에 사용했다. 그러나 그녀의 발음은 명확했다. 하드만 선생의 핸디캡을 보완하기 위해 보조교사 모렌시 선생이 함께 아이들을 가르쳤다. 자원봉사를 나온 특수교육 전공 대학원생들도 눈에 자주 띄었다. 시경이네 반 아이들은 모두 여섯 명이었고, 시경이 동급생은 세 명이었다.

학교에서는 한 학기에 두 차례씩 면담을 가졌다. 학기 초에는 담임교사와 부모가 만나 아이 교육에 대한 이야기를 나눴고, 기말에는 교장, 교육청 관계자, 담임교사가 함께 만났다. 이 때문에 이중 삼중의 통역이 진행되는 진풍경이 벌어지기도 했다. 우리 부부가 한국어로 말하면 통역자가 모렌시 선생에게 영어로 옮기고, 모렌시 선생은 수화로 하드만 선생에게 그것을 전해주었다. 그 과정은 대단히 진지했다. 교육청에서는 정확성을 기하기 위해 비싼 비용을 부담해가며 한국어 통역자를 매번 불렀다.

교육청 담당자는 "인공와우 수술(손상된 달팽이관 기능을 대신할 전기적 장치인 '인공와우'를 귓속에 이식, 청신경에 전기적 자극을 직접 제공해 손상되거나 상실된 유모세포 기능을 대신하는 수술)을 하고 나면 상태가 놀랄 만큼 좋아질 것"이라면서 수술을 권유했다. 여러 유형의 청각장애 어린이들을 십수년 동안 경험하고 난 다음 얻은 결론인 것 같았다. 수술 비용은 물론 무료이다. 시경이는 지금 어린이 전용 병원에 열흘에 한 번꼴로 3개월째 다니고 있다. 6개월에 걸쳐 진행되는 각종 검사를 통해, 이 수술이 시경이의 상태를 호전시킬지의 여부를 정확하게 판단하고 난 뒤 수술을 받게 된다고 한다.

병원에 다녀오면서 시경이에게 새삼 물었다.

"너, 학교생활 재미있니?"

"재미있어요."

"한국에서는 재미없었니?"

"재미없었어요."

"여기서는 어떻게 재미있는데?"

"친구들과 놀 수 있잖아요."

그러니까 시경이는 이곳에서 대화의 통로를 찾은 것이다. 대화의 통로란 장애인을 '특수한 사람'이 아니라 도움을 필요로 하는 '인간'으로 대접하는 데서 출발하는 것 같다.

시경이가 한국보다 이곳이 더 좋다고 이야기하는 까닭은 교육 시설 및 시스템 때문이 아니다. 비록 잘 들리지는 않지만 위축되지 않고 남들과 자연스럽게 소통하게 하는 사회적인 배려와 분위기가 살아 있기 때문이다. 교육자들은 사랑과 정성을 다해 아이들을 가르친다. 사회는 도움을 필요로 하는 장애인들을 사회의 한 구성원으로 맞이하고 따뜻하게 배려한다.

그 배려는 '장애인의 날'과 같은 날을 따로 정해 기념이나 하는 차원이 아니다. 일상생활 곳곳에 녹아 있는 인간적인 배려이다. 사회적 약자에 대한 배려가 특별한 것이 아니라, 숨을 쉬는 것처럼 자연스럽게 이루어지는 것이다.

아내와 나는 시경이의 학교나 병원에만 다녀오면 늘 기분이 좋다.

성시경, 사랑과 감동 속에 수술 받다

2005년 11월 29일 화요일, 우리 큰아이 시경이가 인공와우 수술을 받았다. 나는 이날을 전후해서 캐나다 토론토 병원에서 경험한 일을 자세히 적으려 한다. 지난 1994년 여름 서울의 한 대학병원에서 청각장애 판정을 받은 이후, 시경이가 병원에서 겪은 가장 큰 일이기 때문이다.

큰일이기도 하거니와 11년 전 그날에 비해 모든 것이 달랐다. 먼저, 1994년 그날이 판정을 받은 충격의 날이었다면 2005년 오늘은 시경이에게 새로운 소리를 찾게 해주는 날이었다.

다음, 11년 전 그날 이후 나와 아내가 절망에 절망을 거듭했다면, 오늘은 감동에 감동으로 가슴이 뜨거웠던 날이다. 그것은 비단 시경이가 좀더 잘 들게 되는 수술을 성공적으로 받게 되었기 때문만은 아니다. 아내와 나는, 11년 전과 너무나 다른 의료진의 태도, 병원에 발을 들여놓는 순간부터 나올 때까지 환자 및 환자 가족을 대하는 의료 시스템에 대해 순간순간 입까지 벌려가며 감탄하곤 했다. 나는 한국의 종합병원들이 보고 배웠으면 하는 바람에서, 가능하면 아주 사소한 일까지도 시시콜콜하게 적으려 한다.

나와 아내가 우리 큰아이를 데리고 한국의 대학병원을 찾아갔던 것은 벌써 강산도 변했을 예전의 일이다. 그동안 한국 병원의 상황과 환경도 많이 바뀌었을 것이다. 그렇다면 한국과 캐나다 병원이 어떻게 다른가를 확인해보는 것도 나름대로 의미가 있지 않을까 싶다.

1994년 6월, 서울의 유명한 대학병원 이비인후과 의사는 며칠 전 청력 검사를 받은, 채 두 살도 먹지 않은 시경이에게 청각장애라는 판정을 내렸다. 병원의 과장이라는 그분은 "자동차 경적 소리 정도나 들을까, 그 이상은 못 듣는다"고 했다.

우리는 너무 놀라 "어떻게 하면 좋겠느냐"고 눈물을 뿌리며 쩔쩔맸다. 그는 "방법이 없다. 보청기를 끼면 조금은 들을 수 있을 것"이라고 짤막하게 말했다. 의사의 무표정과 무뚝뚝함이 지금도 잊혀지지 않는다. 그가 모름지기 의사라면 어떻게든 교육 방법을 찾아 조언을 했어야 마땅하다. 그의 말대로 방법이 없는 게 아니라, 그는 가장 기초적인 방법을 몰랐던 것이다. 지금 생각해보면 의사의 저같은 무지는 범죄 행위나 다름없다.

우리에게 길을 열어준 사람은 놀랍게도 보청기업자였다. 그는 병원 이비인후과에 나와 청각장애 판정을 받은 시경이 같은 아이의 부모에게 보청기를 소개하고 있었다. 진찰실에 그림자처럼 앉아 있던 그는 어쩔 줄 몰라하는 우리에게 다가왔다.

"특수학교가 여러 곳 있으니 알아보세요. 미아리 애화학교, 상도동 삼성학교, 효자동 선희학교 등이 있어요."

우리는 바로 그 자리에서 가톨릭 신자인 어머니의 권유에 따라 가톨릭 수녀회에서 운영한다는 애화학교에 가기로 결정했다.

청각장애 판정을 수없이 내리는 의사는 여타의 방법을 모르는 게 아니라, 알기를 원치 않는 것 같았다. 보청기 기술자나 특수교육의 세계는 자기네가 지닌 전문성과는 비교할 수 없이 낮은 수준이어서 알 필요조차 없을 뿐만 아니라, 그런 낮은 수준으로 할 수 있는 게 아무것도 없다고 판단하는 것 같았다. '일부' 의사들의 오만한 태도가 장애인 특수교육에 얼마나 큰 걸림돌이 되는지 시간이 지날수록 더욱 절감하지 않을 수 없었다.

장애 어린이 교육에 절대적으로 필요한 협력 시스템이 다름 아닌 일부 의사들의 무시와 무지로 인해 작동되지 않는다면, 의사들의 그런 태도는 비난받아 마땅한 도덕적 범죄 행위나 다름없다. 그러나 이제는 한국에서도 상황이 많이 달라졌을 것이다.

어린이 환자를 대하는 캐나다 의료진의 태도가 어쩌면 가장 기본적이고 당연한 것인지 모른다. 내가 우리 아이와 관련해 한국에서 고압적이고 불친절하고, 특수교육의 중요성을 무시하는 무지한 의사만을 만나서 그런지, 이곳에서 경험한 당연한 태도가 나에게는 대단히 감동적으로 다가

왔다.

시경이가 수술을 받게 되기까지의 과정부터 이야기를 풀어나가는 것이 좋겠다. 2004년 봄, 시경이 학교에서 열린 회의에서 교육청 관계자가 "시경이가 인공와우 수술을 받으면 큰 효과를 볼 것 같다"며 수술을 권했다. 교장, 담임교사 두 명, 부모, 교육청 장학사 및 통역사가 함께한 자리에서였다.

그전까지만 해도 우리는 인공와우 수술 자체에 대해 별 관심을 두지 않았다. 시경이는 많이 불편해하기는 했지만 보청기를 끼고 일상생활을 하고 학교 공부도 부지런히 따라갔기 때문이다. 우리는 인공와우 수술이, 청력을 거의 상실한 아이들에게나 필요한 것인 줄 알았다.

교육청 장학사의 권유에 따라, 이듬해 5월 토론토에 있는 어린이병원 (The Hospital for Sick Children, www.sickkidsbelieve.com)에 신청서를 작성해 우편으로 보냈다. 한 달 만에 답장이 왔다.

"몇 월 며칠 몇 시까지 어린이병원 5층 몇 호실로 오라. 그 시간이 불가능하다면 전화를 해라. 시간을 조정할 수 있다."

이 편지를 보낸 사람은 어린이병원에 근무하는 '지나 손'이라는 이름의 오디올로지스트(Audiologist, 청력을 검사하고 보청기 같은 청각 관련 기계 상태를 점검하고 보완하는 전문가). 한국인 2세였다. 한국말이라고는 한두 마디밖에 못하지만 그녀가 한국인이라는 사실은 우리에겐 큰 행운이었다. 일단 정서적으로 부담이 없었다. 게다가 지나는 어릴 적에 청력을 잃은 청각장애자였다. 하지만 그녀는 교육을 잘 받은 덕분에 대화를 하는 데는 거의 지장이 없었다.

지나 손이 우리를 불러 서류를 작성한 날로부터 6개월 동안 시경이와 시경이 엄마는 일주일에 한 번씩 병원에 다녔다. 청력 검사를 비롯해 MRI 테스트, CT 스캔, 언어 능력 검사 등을 하나하나 받았다.

병원에서는 인공와우 수술이 시경이에게 과연 효과가 있을지 정밀하게 검사했다. 수술을 하기에 청력이 너무 좋지는 않은지, 소리에 대한 인지 능력 및 언어 능력은 얼마나 되는지 꼼꼼하게 조사해나갔다. 어느 날은 어떤 선생을 만나고, 다른 날은 다른 검사실에 가서 검사를 받았다. 어느 날은 또 의사 선생님을 만났다. 병원 당국은 시경이가 병원에 갈 때마다 비용을 지불해가며 통역사를 불렀다. 시경이 엄마는 전문 통역사를 꼭 필요로 하지는 않았지만 병원에서 하는 대로 따랐다.

병원에서는 가족이 함께 시청하라며 비디오테이프를 하나 주었다. 시경이보다 나이가 많아 보이는 어느 고등학생이 인공와우 수술을 받는 과정을 상세하게 담은 영상물이었다. 시경이처럼 병원에 처음 발을 들여놓은 순간부터, 중간의 검사 과정, 그리고 수술, 회복 및 특수교육 과정까지 꼼꼼히 보여주었다.

특히 수술 장면이 인상적이었다. 부모와 포옹을 한 후 수술실에 들어간 소년이 마취를 하고 잠이 든 후, 수술 부위를 클로즈업해서 생생하게 보여주었다. 수술 부위의 실밥을 풀고, 기계 스위치를 작동한 다음 소리를 듣게 되기까지의 과정 또한 있는 그대로 보여주었다.

위에서 내려다본 어린이병원의 내부. 병원이 아니라 놀이동산 같은 느낌을 준다.(위)

시경이의 수술 및 교육을 총괄 지휘한 오디올로지스트 지나 손. 한국인 2세인 지나 손 또한 청각장애자이지만 어린이병원의 최고 전문가로 손꼽히고 있다.(가운데)

어린이병원의 특수 교사 낸시 선생님. 인공와우 수술 후 1년 동안 시경이의 발음을 교정해주고 있다. 늘 친절하고 웃는 모습이다.(아래)

이 장면을 지켜본 시경이가 갑자기 겁이 났던지 "수술을 받지 않겠다"고 했다. 열세 살인 시경이가 병원에서도 똑같은 소리를 한다면 문제가 아닐 수 없었다. 병원에서는 시경이 스스로 수술과 그후 교육에 얼마나 의지를 보이는가 하는 점도 수술 여부를 결정하는 중요한 평가 기준의 하나로 여기고 있었다. 시경이 엄마가 검사를 받느라 병원을 오가는 지하철 안에서 꾸준히 설득했다. 시경이는 결국 "수술을 받겠다"고 결심했다. 그러고는 비싼 게임 CD를 하나 사겠다는 단서를 달았다.

6개월 동안 이 모든 과정을 체계적으로 조정한 사람이 지나 손이었다. 지나는 수술 후 시경이가 매주 받게 될 교육에 대해서까지 상세히 설명하면서 청각교육 전문기관과 연락해 수술 후 시경이가 받게 될 특수교육 교사까지 소개해주었다.

병원에 간 지 6개월이 지나갈 무렵, 담당 의사와 약속이 잡혔다. 닥터 펩신. 비디오에서 본 의사였다. 그는 3분 정도밖에 안 되는 짧은 면담 시간에 11월 29일 오후 2시로 수술이 결정되었다고 통보해주었다. 수술 받기 약 1개월 전이었다.

사실 우리는 시경이가 수술을 받을 수 있을지에 대해 반신반의했다. 병원에서 보기에 시경이의 청력 상태가 좋아도, 다시 말해 보청기만 끼고도 별문제가 없다고 판단한다면 수술을 받을 필요가 없었다. 반대로, 수술을 해도 별반 효과가 없다고 여긴다면 그 역시 마찬가지였다. 언어에 대한 개념이 없다면 소리만 잘 들린다고 해서 될 일이 아니었다.

시경이를 위한 어린이병원의 검사팀은 오디올로지스트 지나 손, 특수교사, 그리고 외과의사 등으로 구성되어 있었다. 이들은 각자 자기 분야에서 실시한 검사 결과를 가지고 회의를 한 다음 수술 여부를 결정했다. 이 모든 과정을 진행하는 이가 의사가 아닌 오디올로지스트라는 사실은 우리에게 대단히 생소했다.

그보다 더 놀라운 점은 각 전문가가 대등한 위치에서 서로의 전문성을 존중하면서 의견을 교환하고 수술 여부를 결정한다는 사실이었다. 한국말로 하자면 '기술자'와 '특수교사'가 '의사'와 동등한 위치에서 의견을 나누는 것이었다. 우리에게는 대단히 놀랍고 생소한 일이 아닐 수 없었다.

수술을 받게 되었다는 것은 우리에게 희소식이었다. 수술 2주일 전 병원에서는 수술에 필요한 준비 사항을 꼼꼼하게 알려주었다. 감기에 걸려도 아스피린은 먹지 마라, 타이레놀은 괜찮다. 수술 전날 밤 12시 이후에는 물이나 사과주스 외에는 아무것도 먹지 마라, 사과주스나 물도 당일 9시 이후에는 먹지 마라……

수술 받기 전 주에 시경이는 감기 기운을 보여 학교에 사흘이나 가지 못했다(학교에서는 아이에게 감기 기운이 조금만 있어도 학교에 오지 말라고 권유한다. 다른 학생들에게 감염될 수 있기 때문이다). 수술 당일까지 시경이는 코를 약간 훌쩍거렸다. 그러나 그다지 걱정할 정도는 아니었다.

수술 전날 수술 시간이 두 시간 앞당겨졌다는 전화를 받았다. 준비할 사항도 다시금 자세히 알려주었다. "통역사를 구하지 못했다. 괜찮은가? 주변에 통역할 사람이 있으면 데리고 오라. 비용은 우리가 감당하겠다"고도 했다. 우리는 "괜찮다. 고맙다"고 답했다.

학교에서 온 시경이는 선생님과 학교 친구들에게 받은 카드를 가방에서 꺼냈다. "시경, 행운을 빈다—보리스" "하느님이 보살펴주실 거야—앤서니" "건강한 모습으로 다시 보자—브이 선생님"과 같은 내용이 카드 안에 빼곡하게 들어차 있었다.

당일 아침, 수술 두 시간 전에 병원에 도착했다. 그 순간부터 수술을 받고 다음날 퇴원할 때까지 시경이 곁에는 눈에는 잘 보이지 않는 '전령사'가 언제나 붙어 다녔다. 시경이 엄마가 궁금한 일로 사람을 찾을 필요가 전혀 없었다. 때가 되면 누군가가 반드시 나타나 다음 단계를 자세히 알려주었다. 역시 '세계 최고의 어린이병원'이라고 자부할 만했다.

시경이와 부모의 신원을 다시 확인한 후 등록을 하자마자 옷을 갈아입었다. 시경이는 1차 검사를 받았다. 우리에게는 '성시경의 부모이며 11월 29일 수술을 받는다'는 내용을 자세히 적은 명찰을 미리 준비해두었다가 주었다. 우리 집 주소와 전화번호를 다시 한번 확인했다. 그리고 시경이 왼쪽 손목에 플라스틱 팔찌를 하나 채워주었다. 거기에는 시경이의 이름과 생년월일, 그리고 "이 아이가 인공와우 수술을 받았으니 혹시 다른 사고로 치료를 받을 경우 MRI 테스트는 하지 말라"는 내용이 적혀 있었다. 앞으로도 오랫동안 시경이는 저 팔찌를 착용하게 될 것이다.

1차 검사에서 시경이에게 질문을 하는 나이 많은 간호사는 농담을 던져가며 검사 용지 항목을 하나하나 채워나갔다. 알레르기가 있는가, 어제 무엇을 먹었는가, 최근 감기약을 먹은 적이 있는가, 먹었다면 무엇을 먹었는가 등을 자세하게 묻고 혈압까지 재더니 갑자기 색다른 질문을 했다.

"마취를 할 때 마취 마스크에서 나는 냄새가 세 가지 있는데, 너는 어떤 걸로 할래? 딸기향, 수박향, 그리고 페퍼민트향인데……"

시경이는 얼떨결에 "딸기향으로 하겠다"고 했다.

이 간호사 역시, 이제까지 시경이를 검사한 모든 관계자들이 그랬듯이 시경이의 어깨를 툭툭 쳐가며 농담을 걸었다. "야, 너 알고 보니 되게 똑똑하다.""오, 잘하는데?""학교에서도 이렇게 잘하니?"와 같은 말을 끊임 없이 하면서 아이의 긴장을 풀어주었다. 그러고는 마지막에 우리에게 꼭 한 가지 질문을 했다.

"더 궁금한 건 없나요?"

질문을 하면 우리가 만족해할 때까지 성심성의껏 답해주었다.

5층의 등록실에는 컴퓨터가 한 대 따로 놓여 있었다. 간호사는 마우스를 누르면 현재 우리가 있는 위치, 앞으로 옮겨가게 될 수술실, 회복실, 그리고 입원실의 위치를 정확하게 알 수 있다고 말했다. 시경이는 컴퓨터 화면을 통해 하루 동안 있게 될 곳들을 차례차례 구경했다.

한 간호사가 와서 우리를 데려간 곳은 3층 수술 대기실이었다. 그 방은 어린이 놀이방이라 부르면 딱 좋을 곳이었다. 간호사는 우리 자리를 지정해준 뒤 잠깐 기다리면 다른 간호사가 올 것이라고 했다. 우리 옆자리에는 장난감이 무수하게 많았다. 시경이가 좋아하는 게임기도 놓여 있었다. 시경이는 잠시나마 게임을 즐기면서 긴장을 풀 수 있었다.

그사이에 간호사가 두 번 와서 신원을 확인하고 이런저런 질문을 했다.

1차 검사지를 보고 확인하는 작업 같았다. "너, 마취 향으로 딸기향을 골랐다며? 왜 그랬니?"라는 질문으로 시경이의 긴장을 또 풀어주었다. 시경이는 대답 대신 어깨를 약간 으쓱했다. 간호사 누나가 물어보니 쑥스러운 모양이었다.

그다음에는 의사가 와서 시경이 곁에 앉았다. 닥터 펩신이었다. 30대 후반으로 보이는 그는, 웃음 가득한 얼굴로 "걱정 마라. 편하게 하자"며 시경이와 우리를 안심시켰다. 수술은 12시에 시작되며 두 시간 정도 소요된다고 했다. 우리는 시경이를 회복실에서 세 시간 삼십 분 후쯤에 만날 수 있을 거라고 했다.

잠시 후 시경이는 간호사를 따라 수술실로 들어갔다. 잔뜩 긴장한 표정이었다. 나와 아내는 시경이를 차례로 껴안고 등을 툭툭 두들겨주었다. 또다른 이가 나타나 우리를 보호자 대기실로 안내했다. 그곳에서 일하는 두 백인 여성은 환자 이름, 의사 이름, 부모 이름을 차례로 물어본 뒤, 우리의 인상착의를 자세하게 기록했다. 그러고 나서는 "저쪽에 커피와 과자가 있어요. 30분쯤 후에 밖에 나가서 점심을 먹고 들어오셔도 됩니다"라고 했다. 방 안에 30여 명쯤 되는 보호자들이 가득 앉아 있었다. 소파에 누워 잠을 청하는 이도 있었다.

병원 1층에 있는 패스트푸드점에서 간단히 점심을 해결하고 대기실로 다시 올라갔다. 수술을 끝낸 의사들이 수술복을 입은 채 수시로 들어왔다. 그들은 부모 앞에 앉아 수술에 대해 자세히 설명했다.

오후 2시께, 닥터 펩신이 들어왔다. 역시 수술복을 입은 채였다. 두건과 수술복 어깨에 땀이 배어 있었다. 수술을 끝내자마자 마스크를 벗고 바로 오는 길이었다. 우리는 습관처럼 벌떡 일어섰다. "편히 앉으세요"라면서 그는 우리를 먼저 자리에 앉힌 뒤 자신도 의자에 앉으면서 말문을 열었다.

"마시던 커피도 들면서 들으세요. 수술은 아주 잘되었습니다. 수술 부위가 안면 신경이 지나가는 자리라서 좀 까다로웠습니다. 그런데 모든 게 잘되었으니까 걱정 마세요."

우리는 또 감동했다. 수술 중에 수술실 앞에서 발을 동동 구르며 의사의 한마디를 기다리는 게 보통인데, 이곳에서는 의사가 수술을 마치자마자 보호자 대기실까지 한달음에 달려와 수술 내용에 대해 자세히 설명해주었다. 그러고는 또 한마디 덧붙였다.

"더 궁금한 거 없으세요?"

닥터 펩신이 자리를 뜨자마자 보호자 대기실의 담당자가 달려와 또 한 마디 했다.

"아, 닥터가 다녀가셨나요? 저희가 다른 보호자를 안내하는 사이에 다녀가셨군요. 미안합니다. 우리가 미처 챙겨드리지를 못해서…… 조금만 기다리세요. 회복실에서 깨어났다는 소식 오면 바로 알려드릴 테니……"

시간이 다소 지루하게 흘렀다. 예정된 시간이 지나도 소식이 없었다. 30분쯤 더 지나자 보호자 대기실 안내자가 환한 웃음을 띠고 우리에게 다가왔다.

"와, 드디어 시경이가 깨어났다는군요. 빨리 가보세요. 저 사람을 따라가세요."

우리가 따라 들어간 회복실에서 시경이는 머리에 붕대를 칭칭 감은 채 겨우 의식을 회복한 터였다. 붕대에는 피가 흥건히 배어나와 있었다. 링거 주사를 맞는 시경이는 고통스러운지 인상을 찡그리곤 했다. 회복실의 간호사 두 명이 우리를 반갑게 맞았다.

회복실에서 30여 분이 지나자 이것저것 검사를 하던 간호사가 시경이 침대를 병실로 옮겨달라고 요청했다. 곧바로 침대를 옮기는 남자가 나타나 6층으로 시경이 침대를 밀고 갔다. 6층 병실(1인실)에 도착하자, 또 다른 간호사가 시경이를 받아 이런저런 검사를 또 했다.

"텔레비전은 이렇게 켜고, 소변은 이렇게 보게 하고, 보호자 침대는 이렇게 펴세요. 식사는 아침 7시에 나올 겁니다. 모든 게 정상입니다."

그런데 시경이 침대 머리맡에 코알라 인형이 하나 놓여 있었다. 와우 수술을 받은 어린이 모두에게 병원에서 주는 선물이었다. 코알라의 귀 뒤에는 와우 수술을 받은 자국이 나 있었다. 나와 아내는 그것을 보고 박장대소했다. 왜 코알라일까? 와우 수술을 처음 개발한 나라가 코알라가 사는 호주이기 때문이다.

저녁 6시 무렵, 나는 시경이 동생을 데리러 병원에서 나왔다. 간호사가 나를 불러 세웠다.

"주차증에 도장 찍어 가세요."

하루 종일 주차비가 10달러(약 8,700원)였다.

다음날 아침 일찍 시경이 엄마가 집으로 전화를 했다. 아침 7시에 젊은

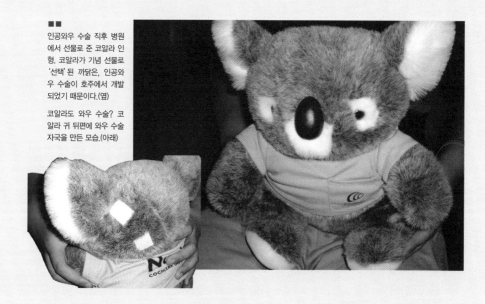

■■
인공와우 수술 직후 병원
에서 선물로 준 코알라 인
형. 코알라가 기념 선물로
'선택' 된 까닭은, 인공와
우 수술이 호주에서 개발
되었기 때문이다.(옆)

코알라도 와우 수술? 코
알라 귀 뒤편에 와우 수술
자국을 만든 모습.(아래)

의사가 회진을 왔고, 9시에는 닥터 펩신이 시경이 병실에 들러 오늘 퇴원
해도 좋다고 했단다. 내일부터 학교에 보내도 된다고도 했다. 꿰맨 자리에
물만 닿지 않게 하면 된다는 것이다.

또 주차비를 냈다. 이번에는 7달러였다. 시경이 수술과 관련해 병원에
낸 총비용은 이틀 동안의 주차비 17달러가 전부였다. 앞으로 특수교육을
받고 보청기 대신 새로운 기계를 지급받도록 되어 있었지만 추가로 낼 비
용은 없었다.

시경이는 퇴원을 하자마자 게임 CD를 사러 가자고 했다. 귀 뒤쪽을 4
센티미터가량 찢은 뒤 인공와우관을 집어넣고 꿰맨 자리에는 거즈를 붙여
놓았다. 병원에서는 통증이 있을 때만 진통제를 먹이고 항생제는 다섯 시

간마다 한 번씩 먹이라고 했다.

시경이는 이틀 동안 집에서 쉰 다음 학교에 갔다. 수술한 지 꼭 일주일 만에 실밥을 풀었다. 닥터 펩신은 실밥을 잘라낸 뒤 "이제 내 역할은 끝났다. 이제 잘 듣기만 하면 된다. 이건 내가 네게 준 크리스마스 선물이다"라며 시경이 등을 툭툭 치며 격려했다.

수술 후 3주일이 지난 12월 21일은 우리에게는 어쩌면 수술했던 날보다 더 긴장되는 날이었다. 귀 바로 위 머리에 넣은 인공와우관을 통해 소리를 전달하는 바깥 기구를 받고 처음으로 스위치를 올렸다. 보청기가 아닌 다른 기구를 통해 바깥 소리를 처음으로 들은 시경이는 기분이 좋은지 웃음을 지었다. 지나 손은 여러가지 시험을 했고 모든 것이 정상이라며 우리만큼 좋아했다. 다음 주 목요일부터 나와 교육을 받으라고 했다.

돌아오는 자동차 안에서 시경이 엄마는 입을 가린 채 시경이를 불렀다. 아이는 금방 반응했다. 또 입을 가리고 "엄마" "아빠" "할머니" "시현이" "시형이 형" "수명이 누나" "태엽이 형" "규일이 형" 등을 불렀다. 시경이는 곧잘 따라했다. 앞에서 운전을 하던 나도 "시경아!" 하고 불렀다. 지난 10여 년 동안 한 번도 경험 못했던 일이 벌어졌다. 시경이가 "예" 하고 대답했다. 시경이도 신기하고 기분이 좋은지 자꾸 웃었다.

집에 와서는 초등학교 1학년생인 동생 시현이가 종이로 입을 가린 채 영어 단어를 읽었다. 시경이가 곧잘 따라했다. 언어에 대한 개념을 나름대로 갖고 있었기 때문에 소리를 인지하는 속도가 빨랐다. 어릴 적부터 시경이를 전국 각지로 데리고 다니며 언어 개념을 습득하도록 한 시경 엄마의 노력이 와우 수술에서 이렇게 큰 효과를 발휘할 줄 몰랐다.

수술 이후 우리 집은 대단히 조용해졌다. 시경이 때문에 텔레비전 소리가 언제나 왕왕거렸으나, 지금은 그 소리를 동생 시현이가 듣는 것에 맞춘다. 예전에 부르던 대로 "시경아!" 하고 큰 소리로 부르면 시경이가 "시끄럽다"고 야단이다.

뉴욕에서 간호사로 일하는 누이에게 어떻게 보답을 하면 좋을까 하고 물었더니 "입원했던 병동에 초콜릿 한 봉지만 갖다줘라. 그 이상은 부담이 되니 하지 마라"고 했다. 그런데 시경이가 신세를 진 이가 한두 사람이 아니었다. 성탄절을 맞아 나는 내가 일하는 곳에서 여러 장의 스카프와 남성용 장갑 한 켤레를 샀다. 닥터 펩신과 지나 손, 그리고 특수교사인 낸시 선생에게 카드와 함께 전하고, 우리에게 항상 전화 연락을 했던 이에게도 선물했다.

이들은 그 작은 선물에도 진심으로 고마워했다. 낸시 선생은 "내가 입는 겨울 코트와 얼마나 잘 어울리는지 모른다. 정말 고맙다"는 내용의 카드를 보내왔다. 며칠 후 닥터 펩신이 우편으로 카드를 보내왔다. 카드에는 이렇게 적혀 있었다.

"시경에게. 내가 너에게 크리스마스 선물(수술)을 했다고 너도 나한테 선물을 보냈구나. 너의 배려에 대해 정말 고맙게 생각한다. 나는 수술을 하는 의사라서 특히 손을 잘 보호해야 하거든. 이 장갑을 끼고 우리 아이들이 하키 하는 걸 구경하러 갔는데 너무나 유용했단다. 정말 고마워. 이번 겨울에는 이 장갑 때문에 춥지 않을 거야. 나도 너에게 선물을 주었으니 마음껏 즐기기 바란다. 닥터 펩신."

작은 선물에도 답장을 하는 것이 이 나라의 문화라고는 하지만 눈물 나게 고마운 편지였다.

시경이를 병원에서 데리고 나올 때 주차장에서 일하는 이가 차에 붙이는 스티커를 주었다. 나는 병원이 너무 고마워서 "I believe in SickKids"라는 스티커를 우리 차 뒤에다 바로 붙였다. 그 스티커를 보고 사람들은 말했다.

"어린이병원은 캐나다의 자랑이야." "세계 최고의 어린이병원이라 미국에서도 치료받으러 온대." "어떤 의사는 하버드 대학에서 자기 이름으로 연구소를 지어준다고 했는데도 싫다고 했대."

과연 그랬다. 그러나 세계 최고의 병원이라는 힘은 의료 기술에서 나오는 것이 아니었다. 아픈 사람의 마음을 헤아리고 그것을 진정으로 위로하고 함께 아파할 줄 아는 병원의 분위기, 특히나 어린이들을 최고로 받드는 자세야말로 저 병원을 세계 최고로 만드는 힘이라고 나는 믿는다.

신문의 스포츠 섹션에서 NBA 토론토 랩터스 선수들이나 NHL 토론토 메이플립스 선수들이 어린이병원을 방문해 환자 어린이들과 노는 모습을 자주 볼 수 있다. 선수들은 큰돈을 기부하고, 아픈 어린이들과 함께 놀아주고, 어린이들에게 꿈과 희망을 심어주고, 일반인들에게 관심을 호소하는 일인다역을 해낸다. 그들이 귀한 시간을 쪼개 병원을 수시로 드나들 만큼 어린이병원은 캐나다에 사는 사람들에게 사랑을 받고 있는 것이다.

4년 전 토론토 메이플립스에서 골리(골키퍼)로 활약하다가 지금은 다른 팀으로 옮겨간 커티스 조셉이라는 선수는 지금까지도 해마다 거액의 기부금을 이 병원에 내고 있다. 토론토의 웬만한 가정에서도 5달러든, 20달러든 한 달에 얼마씩 일정하게 기부금을 내고 있다. 이 병원에 쏟는 이곳 사람들의 사랑이 얼마나 지극한지를 단적으로 드러내는 사례이다.

시경이가 엄마와 동생의 말을 따라하는 소리가 밤늦은 지금까지도 거실에서 들려온다. 엄마가 한국말을 하면 따라하고, 동생이 영어로 말하면 또 따라한다. 잘 들리다보니 공부도 재미있게 잘한다.

나는 내가 살고 있는 캐나다의 병원이 얼마나 잘 되어 있으며, 그 속에서 얼마나 큰 혜택을 누렸는지를 자랑하기 위해 이 글을 쓴 것이 아니다. 장애인과 몸이 불편한 환자를 대하는 태도를, 이 책을 읽는 이들이 하나라도 더 보고 느끼라고 썼다.

나와 아내를 감동시킨 것은 의술이 아니다. 의술이라면 한국의 수준이 캐나다에 뒤질 것이 없다. 사람을 존중하고, 특히 장애인이나 환자와 같은 약자에게 불편함이 없도록 최선을 다해 배려하는 전문가들의 마음과 태도, 바로 이것을 느끼고 배우라는 것이다. 이같은 감동을 받은 터에, 사실 시경이 수술비가 무료라는 점은 고맙기는 하지만 눈에 별로 들어오지도 않는다. 중요한 것은 돈이 아니기 때문이다.

한국의 장애 현실, 여전히 배가 고프다

자폐. 장애의 여러 형태 중 근래 들어 한국 사회에서 가장 많은 관심을 끈 것이 아닐까 싶다. 이곳 캐나다에서도 자폐증에 대한 한국 대중의 지대한 관심을 느낄 수 있을 정도였다. 그 이유가 영화 「말아톤」과 텔레비전 프로그램 「진호야 사랑해」 때문이라는 것은 새삼 말할 필요도 없겠다.

이와 관련해, 나는 자폐에 대한 한국 사회의 인식이 어떻게 변화했는지 몹시 궁금했다. 공교롭게도 한국과 캐나다에서 가장 가깝게 지내는 친구의 아이들이 바로 그 장애를 지니고 있기 때문이다. 서울에 사는 혁이는 초등학교 4학년이고, 토론토에 사는 진이는 초등학교 1학년이다.

2005년 10월 나는 이민 온 후 처음으로 한국에 들어갔다. 3년 6개월 만이었다. 서울 중심가에서는 고가도로며 육교들이 철거되어 시원하게 뚫린 하늘이 눈에 먼저 들어왔다. 저 푸른 가을 하늘보다 내 눈길을 더 사로잡은 것은 전에 없이 늘어난 장애인 시설이었다. 2002년 4월까지 내가 매일 이용하던 지하철 서대문역은 휠체어를 탄 장애인에게는 난공불락의 성 (城)이었다. 그 앞에서 난감한 표정으로 휠체어에 앉은 이들을 여러 번 본 적이 있었다.

이번에는 아니었다. 지상에서 지하철까지 바로 연결되는 노약자·장애 인 전용 엘리베이터가 눈에 확 들어왔다. 어디 그뿐인가. 전동차에는 휠체 어 전용 공간까지 새로 마련되었다. 흔히 장애인의 천국이라 불리는 캐나 다의 토론토 지하철도 갖추지 못한 시설이다. 광화문 새문안교회 앞에 있 던 육교 두 개도 자취를 감추었다. 그리고 그 자리에 횡단보도가 생겼다. 장애인을 위한 배려로 보였다.

그같은 시설 개선보다 더 놀라운 사실은 혁이의 변화와 그 아이를 둘러 싼 환경 변화였다. 우리가 이민을 떠나올 2002년 당시 혁이는 부모와도 소 통이 잘 안 되는 아이였다. 하지만 이번에는 달랐다. 손을 털며 뱅글뱅글 뛰어다니기만 하던 예전의 혁이가 아니었다. 나를 만나자마자 고개를 꾸 벅 숙여 인사를 하고, 눈을 맞추고, 말도 곧잘 했다.

혁이를 저렇게 바꿔놓기까지 저 엄마는 얼마나 많은 피눈물을 흘렸을까 싶었다. 사실 곁에서 내가 지켜본 자폐아 부모들의 고통과 피눈물은, 영화 나 텔레비전 프로그램 정도로는 도저히 묘사할 수가 없다. 예전에 혁이 엄 마는 이렇게까지 말한 적이 있다.

"혁이를 나 대신 봐줄 사람만 있다면, 나는 몇 날 며칠을 하루 24시간 잠

한숨 안 자고 일할 수 있을 것 같아요."

혁이 엄마한테서 놀라운 이야기를 전해 들었다. 일반 초등학교에서 공부하는 혁이에게 개인 보조교사가 생겼다는 것이다. 지금까지는 엄마가 아이 곁에 앉아 교실에서 늘 함께 공부했는데, 올해부터는 혁이만을 돌보는 젊은 보조선생님을 만나게 되었다는 것이다. 이것은 10년 전 '진호 엄마'가 그토록 간구하던 꿈이었다.

보조교사의 임금은 국가에서 준다고 했다. 나는 귀를 의심했다. 캐나다에서도 좀처럼 받기 어려운 혜택이다. 서울의 지하철, 혁이가 만난 개인 보조교사, 10년 가까운 싸움 끝에 정상화한 청각장애 특수학교인 에바다 학교 등은 장애인에 대한 인식 변화의 작은 징표로 보였다.

자폐 자녀를 둔 부모들이 겪는 정신적, 육체적 고통이야 '초원이 엄마'와 '진호 엄마'를 통해 그래도 많이 알려져 있는 편이다. 하지만 일반인들에게는 저 부모들이 맞닥뜨리는 '경제적 시련'은 잘 보이지 않을 것이다. 혁이가 저만큼 좋아지기까지 혁이 엄마는 한 달에 2백만 원이 넘는 교육비를 쏟아 부으며 동으로 서로 정신없이 차를 몰아대며 다녀야 했다.

교육비 부담은 캐나다라고 해서 예외가 아니다. 최근 들어 현대의학의 미스터리로 불릴 만큼 자폐아가 급증하자 캐나다의 주정부도 당황하는 기색이 역력하다. 자폐 어린이들이 주로 받는 'ABA 응용행동분석법'이라는 행동 치료는 1년에 4~6만 달러를 요구한다. 보통 가정의 1년 치 생활비다. 6세까지 지급되는 온타리오 주정부의 지원금 월 4,500달러를 받기 위

■■
재활센터 앞에서 담배를 피우며 휴식을 취하는 장애인들. 이 센터는 토론토의 일반 주택가 한가운데에 있는데, 이 시설이 있다고 해서 집값이 떨어질 일도 없거니와 주민들 또한 누구도 이의를 제기하지 않는다. 오히려 문제를 삼으면 정신질환을 앓는 환자 취급을 받는다. 이 시설은 바로 '사람'이 사는 곳이자 교육기관이기 때문이다.(위)

몸이 불편한 이들을 위해 토론토교통위원회(TTC)에서 운영하는 특수버스. 전화로 요청하면 버스가 와서 장애인 승객을 태우고 목적지까지 데려다준다.(아래)

해 천 명에 가까운 어린이가 대기 중이다. 진이는 부모가 각고의 노력을 기울인 끝에 6세가 다 지나갈 무렵 가까스로 이 지원금을 받아냈다.

그렇다고 진이 부모의 경제적 부담이 끝난 것은 아니다. 일주일에 하루 일반학교 특수반에서 공부하는 것을 뺀 나머지 교육은 특수센터나 사교육으로 이루어진다. 진이에게 꼭 필요한 교육을 시키기 위해 진이 부모는 1,500달러를 따로 부담해야 한다. 보조교사 비용을 제외한 모든 교육비를 부모가 감당해야 하는 한국에 비하면 부담이 조금 덜하지만 이민자 처지에선 매우 버거운 액수다.

자폐라는 장애를 놓고 본다면, 캐나다라고 지원 정책이 한국보다 뾰족하게 나을 게 없다. 한국이 그만큼 좋아졌다고도 볼 수 있겠다. 한국의 전반적인 장애인 정책이나 시설이 좋아진 것 또한 부인할 수 없는 사실이다. 그러나 그건 어디까지나 개인들이 피눈물로 일구어낸 '눈에 띄는 부분'일 뿐이다. 모두가 '함께 걸음'하는 사회가 되기에는 너무나 험하고 먼 길이 남아 있다.

내가 매일 출근하는 토론토 북쪽 지역 주택가 한가운데는 아침마다 장애인을 실어 나르는 특장차들로 붐빈다(이명박 서울시장은 특장차를 운영하겠다는 공약을 내세웠으나 나는 서울에서 단 한 대도 보지 못했다). 장애인 재활·휴식 공간이 있기 때문이다. 대로와 맞닿은 센터 앞마당에서 밝은 표정으로 담배를 피우며 대화를 나누는 장애인들을 일상적으로 접할 수 있다. 재활센터 바로 옆집에 사는 한국인 선배에게 일부러 물었다.

"장애인 시설 보기 싫지 않으세요?"

"왜?"

"한국에서는 자기 동네에 이런 시설이 들어서는 걸 반대한다던데, 집값 떨어진다고……"

"소가 웃겠다. 멀쩡한 집값이 왜 떨어지냐? 정신 나간 사람들 아냐?"

선배는 1989년에 이민을 왔다.

2000년대 초반 서울 강남의 한 지역에서 장애인 시설 이전을 두고 주민들이 반대 시위를 벌인다는 뉴스가 있었다. 근래에는 이같은 시위 풍토가 농촌 마을에까지 스며들었다는 우울한 소식이 들린다. 요즘 한국의 지자체에서 경쟁적으로 벌인다는 시설이나 처우 개선도 좋지만, 장애인에 대한 편견이 바뀌지 않는 한 그것들은 영원히 빛 좋은 개살구로 남을 공산이 크다.

'사람'이 사는 시설을 두고 '혐오' 운운한다는 것은, 한국 사회가 심각한 정신질환을 앓고 있다는 사실을 고스란히 드러낸다. 캐나다에서라면 꿈속에서도 생각 못할 범죄다. 들끓는 비난 여론에 나라가 발칵 뒤집힐 일이다.

장애인을 둘러싼 전문가들의 협력 문제 또한 반드시 지적하고 넘어가야 할 사항이다.

청각장애를 지닌 우리 아이 시경이는 토론토 어린이병원에서 2005년 11월 29일 인공와우 수술을 받았다. 이 수술을 결정하기까지 6개월 동안 검사를 받았다. 수술을 담당하는 외과 전문의, 오디올로지스트, 치료사 (Therapist)가 자기 전문 분야에서 각종 검사를 한 다음, 함께 모여 회의하고 수술을 결정했다. 이 과정의 중심에 선 전문가는 의사가 아니라 오디올로지스트였다. 각 전문가들이 상대방의 전문성을 존중하는 자세가 이같은 협력을 가능케 한다.

이곳에서는 지극히 당연한 협력이 나에게는 낯설 정도로 감동적이었다. 한국에서는 단순한 협력조차 이루어지지 않았기 때문이다. 아이의 치료와 재활을 위해서는 더없이 긴요한 일인데도 말이다.

까닭은 간단하다. 특정 전문가가 "니네들이 뭘 할 수 있겠어?" 하며 다른 분야 전문가의 전문성을 전반적으로 불신하기 때문이다. 직업 자체의 서열화 혹은 위계가 아이의 치료나 재활보다 더 중시되는 분위기에서 무엇을 더 기대할 수 있을까.

10여 년 전 서울의 어느 유명한 대학병원에서 시경이가 청각장애 판정을 받았을 때 이비인후과 의사와 간호사들은 특수학교의 존재조차 알지 못했다. 1년 후 다시 그 병원을 찾았을 때 나는 간호사에게 진심으로 부탁을 했었다.

"앞으로 청각장애 판정을 받은 아이의 부모에게 특수학교를 가르쳐주세요. 당신들이 할 수도 없는 일인데, 왜 저 교육 자체를 무시합니까? 학교 목록 한 장만 쥐여줘도 부모에게는 빛이 됩니다."

혁이의 놀라운 변화와 여러모로 변한 서울 풍경을 지켜보면서, 지난 3

년 동안 장애인에 대한 한국 사회의 인식 및 교육 환경, 외부 시설이 얼마나 많이 개선되었는지 실감했다. 부분적으로는 감동했다. 그러나 히딩크의 표현을 빌리자면 "여전히 배가 고프다." 고파도 심각하게 고프다. 다름 아닌 핵심이 빠져 있기 때문이다.

장애인 시설을 혐오 시설이라며 내치는 집단이기주의가 두더지처럼 솟아오를 때마다 망치로 내리치는 사회적 분위기와 배려. 저같이 무도한 님비(NIMBY) 현상이 다시는 고개 들지 못하게 하는 사회적 기강. 이것이 바로 핵심이다. 기강을 바로 세우는 데 여론이 얼마나 민감하게 반응하는가 하는 것이 건강한 사회, 성숙한 사회를 재는 척도다.

입양아 부모 교육열 '뜨겁다'

2003년 8월 14일은 캐나다와 미국 역사에 '암흑의 날'로 기록되어 있다. 그날 오후 4시 11분 북미 동부 지역을 강타한 대정전 사태로 캐나다 토론토를 비롯한 모든 도시들이 큰 불편을 겪어야 했다. 시민들의 불편은 그 이튿날까지 이어져, 30층 고층 아파트도 걸어서 오르내렸고 자동차들은 '휘발유 찾아 삼만리'를 헤매야 했다.

그러나 15일 토론토 북쪽 근교에 있는 '레지나문디 수녀원'에서 열린 행사는 정전 사태에 아랑곳없이 오전 9시부터 정상적으로 진행되었다.

'한인 입양아 캠프.'

한인 입양아 부모들은 사상 최악의 정전 사태를 무릅쓰고 2박3일간 열린 이 캠프에 모여들었다. 캠프에 대한 기대가 그만큼 컸기 때문이다. 캐나다한인양자회(회장 임태호)가 주최한 입양아 캠프에는 토론토뿐만 아니라 키치너, 런던(온타리오주에 이 도시가 있다)은 물론 멀리 오타와에서도 다섯 시간이나 차를 몰아서 왔다.

2003년 처음 열린 이 캠프(그 이후 해마다 열리고 있다)에는 서른다섯 가족이 참여했다. 어느 가족은 식구가 여덟 명이나 왔고, 어느 젊은 부모는 갓난쟁이 자매를 안고 오기도 했다. 이 가족들이 지닌 공통점은 두 가지다. 하나는 부모가 모두 백인 캐나다인으로서 한국에서 자녀를 입양했다는 것. 다른 하나는 한국 문화와 언어를 배우고 익히려는 부모들의 열의가 대단하다는 것. 바로 이같은 '학습열' 때문에 행사 주관자인 임태호 회장은 "진행하기가 한결 수월하다"고 말했다. 프로그램 시작 시간만 미리 알려주면 부모들은 시간에 딱딱 맞추어 행사장에 모였다.

이들은 또 거의 예외 없이 비디오카메라를 들고 있었다. 프로그램을 모두 기록해 자녀들에게 전해주기 위해서다. 그러니까 입양아 캠프에서 진행된 한국 역사 및 한국어 강의, 한국 전통춤 공연, 한국 노래 듣고 따라하기, 한국 문화 비디오 관람 등 한국과 관련한 모든 것들이 이들에게는 자녀 교육을 위한 소중한 자료다.

3세와 6개월 된 두 아들을 데리고 코버그라는 도시에서 온 다린 셔트 씨 부부는 "왜 그렇게 열심히 하는가"라는 질문에 간단하게 답했다. "우리 아이들이 코리언·캐네이디언이니까." 이 30대 젊은 부부는 아이들이 캐나다인이기에 앞서 한국인이기 때문에 한국말과 한국 문화를 당연히 배워야 한다고 생각한다.

"한국 고교생 한 명이 우리 집에 6개월째 머무르고 있다. 우리는 그 학생에게 영어를 가르쳐주고, 그 학생은 우리 큰아들 레비에게 한국말을 가르친다. 레비는 지금 '나비' '꽃' 같은 말을 할 줄 안다."

북미 지역 한국 입양아 부모들은 십수년 전부터 서로 유대관계를 맺고 정보를 교환해왔다. 1999년 6월 임태호 회장이 캐나다한인양자회를 설립한 이유는 입양아 부모들의 자녀 교육을 돕기 위해서다. 부모들은 거의 예외 없이 한국 문화와 한국어를 가르칠 생각을 하고 있기 때문이다.

오래전부터 심장병 어린이 돕기 같은 봉사활동을 해온 임회장은 1991년 온타리오주 런던의 한 공원에서 열린 'CANADOPT'라는 프로그램에 토론토 한인사회 대표 자격으로 초청을 받은 적이 있다. 그를 부른 이들은 한국인 입양 자녀를 둔 캐나다 부모들.

"바로 저 프로그램에 참여하면서 한인들이 관심을 보이지 않으면 안 되겠다고 생각했다. 양부모들이 우리의 관심과 도움을 필요로 했기 때문이다"라고 임회장은 말했다. 입양아 부모들이 서로 자주 만나 유대를 맺고 정보를 교환하는 이유는 자녀들이 성장하면서 겪게 될 고민, 다시 말해 정체성 문제 같은 것에 미리미리 대비하기 위해서이다.

입양아 가정의 한국 방문 등을 주선하던 임회장은 1999년 캐나다한인양자회를 설립하면서 더욱 적극적으로 입양아 가정을 돕기 시작했다. 부모들을 초청해 한국어와 한국 음식을 가르치기도 했다. 부모들은 자녀 교육을 위해 이같은 프로그램에 적극 호응해왔다.

임회장에 따르면, 예전에 한국에서 온 입양아 가운데 길러준 부모를 배신하는 경우도 종종 있었다. 자기를 버린 친부모에 대한 원망이 피부 색깔이 다른 양부모에게까지 이어지고, 모국은 물론 자기가 자란 사회까지 증오하게 되는 경우도 가끔 있었다.

정체성 문제로 고민하던 노르웨이의 입양아 출신 젊은이(26세)는 "힘든 삶을 더 이상 살고 싶지 않다"며 몇 해 전 목을 매 자살했다. 또 몇 년 전에는 미국의 한인 입양아 출신 젊은이(29세)가 미국인 세 명을 살해하고 라스베이거스의 한 호텔에서 자살하는 사건이 발생하기도 했다.

입양아의 자살률은 친부모 슬하에서 자란 자녀들보다 4~5배는 높고, 입양아 가운데 3분의 1 정도만 결혼에 성공한 것으로 알려져 있다. 북미나 유럽의 선진국 가정에 입양되었다고 해서 밝은 미래가 보장되는 것만은 아닌 것이다.

한인 교포 2세도 정체성 문제로 적잖게 고민하는 북미 사회에서, 백인 부모를 둔 입양아 출신들의 고민은 그들보다 훨씬 더 크고 복잡하다. 바로

■■ 한국인 어린이를 입양한 캐나다 부모들은 자녀에게 '한국'을 알려주기 위해 입양아 캠프 같은 프로그램에 적극 참여해 공부를 하고 자료를 모은다.

이같은 고민과 과제를 해결하려고 입양아 부모들은 함께 만나 한국 문화를 배우며 익히고 있다.

얼마 전 토론토 최대 일간지 『토론토 스타』는 몬트리올에 사는 입양아 네 자매의 모국 방문을 세 면에 걸쳐 크게 보도한 적이 있다. 어머니가 아들을 낳지 못했다고 장손인 아버지는 새 부인을 얻어 집을 나갔다. 어머니는 아버지의 새 부인이 아들을 낳자 목을 매 자살했고, 아버지는 네 딸을 캐나다로 입양시켰다.

30대부터 10대 후반에 이르는 네 자매는 모국을 찾아 아버지의 사망 소식을 들었다. 그들은 숙부 앞에서 절규했다.

"이렇게 잘사는 나라에서 왜 우리를 해외로 보냈나요?"

그래도 의지할 수 있는 네 자매가 한 가정에서 자랐다면 그것은 행운이다. 입양 자녀를 한두 명씩 키우는 대부분의 다른 가정에서는 자녀들이 혹시 상처라도 입을까봐 유리 다루듯 조심조심 대하고 있다.

현재 한국에서 해외 가정으로 입양되는 젖먹이의 숫자는 1년에 2,200여 명에 이른다. 미국으로 절반이 가고 절반은 캐나다, 스웨덴, 덴마크, 노르웨이, 네덜란드, 프랑스 등지로 보내진다. 캐나다에는 해마다 100명씩 입양되어 지금은 3천여 명에 이른다. 캠프에 참여하기 위해 한국에서 온 김명우 대한사회복지회 회장에 따르면, 한국 내에서도 입양 가정이 꾸준히 늘어 지금은 한 해 1,800여 명의 어린이가 국내에서 양부모를 찾는다.

이번 캠프에서 입양아 부모들을 대상으로 한국사를 강의한 유영식 교수(토론토 대학·한국학)는 한인들이 입양아 가정을 도와야 하는 이유를 이렇게 설명했다.

"한인 입양아 부모들은 우리 대학 한국학과 학생들보다 더 적극적인 친한파이다. 입양아들은 최소한 중산층 이상의 가정에서 그곳의 깊숙한 문화를 배우고 자란다. 그 자녀들까지 한국을 사랑하게 된다면 한국은 엄청난 힘을 얻게 되는 셈이다."

만약 이들이 스스로를 모국으로부터 버림 받은 것으로 여겨 모국을 증오하게 된다면 물론 그 반대의 결과가 나타날 수도 있다.

한국은 지금 해외 입양 1위 자리를 중국에 물려주고 4위로 '밀려난' 상태이다. 한국전쟁 직후 시작된 본격적인 해외 입양으로 현재 전세계에 흩어져 있는 입양아 출신 한인은 60만 명을 헤아린다. 이 60만 명이 모국과 모국 사람들이 하기에 따라 한국의 자식이 될 수도, 원수가 될 수도 있는 것이다.

부모와 함께 오타와에서 온 팀 베넷(16세) 군은 태극마크가 달린 축구 유니폼을 입고 있었다. "2002년 월드컵을 보면서 한국이 대단히 가깝다는 것을 느꼈다. 그 이후 부모님과 한국에도 한번 다녀왔다. 지금은 한국을 더 많이 알고 싶다." 베넷 군은 한국말만 못할 뿐 영락없는 한국 청소년의 모습이었다.

한국 입양아 출신 가운데 북미 지역에서 성공한 이들도 적지 않다. 미국 워싱턴주 출신의 신호범 상원의원(미의회 부의장)이 대표적인 인물이다.

임태호 회장은 "우리가 입양아들에게 관심을 보이고 저들을 사랑한다는 것을 끊임없이 알리면 많은 문제가 해결된다. 입양아들과 관련해 문제

가 생길 때마다 마치 우리 책임인 것 같은 죄의식마저 생긴다"라고 말했
다. 한인 사회 등으로부터 기부금을 받아 이번 캠프를 진행한 임회장은
'사랑은 피보다 진하다'고 굳게 믿고 있다.

돌아보고 깨우치는 生

어학연수에 대한 생각

2004년 어느 날 고려대 교우회 토론토지부 홈페이지에 고려대 재학생 한 명이 글을 올렸다. △토론토로 어학연수를 가고 싶은데 △아르바이트를 해서 8백만 원을 마련했다 △그 돈으로는 부족한 것 같으니 토론토 현지에서 아르바이트를 하고 싶다 △선배님들의 도움을 부탁한다는 내용이었다. 나는 그 글에 다음과 같은 답글을 달았다.

내가 지금 한국에서 대학에 다닌다면 어학연수는 가지 않겠습니다. 8백만 원이라면 어학연수를 하는 데는 터무니없이 적은 비용일지 몰라도 그 자체로는 엄청나게 큰 돈입니다. 이곳에서는 약 9천 달러가 될 터인데, 한 가족의 3개월 치 생활비에 해당하는 어마어마한 돈입니다. 공부를 해가며 어렵게 번 그 돈을 어학연수로 써버린다면 참 아깝다는 생각이 듭니다.

내가 만일 후배라면, 나는 그 돈으로 1년 동안 주제를 하나 정해 세계 여행을 다니겠습니다. 아껴 쓰면 크게 모자라지는 않을 것입니다. 딱딱한 빵 씹어가며 이곳저곳 홀홀 돌아다니면서 견문을 넓히고, 외국 사람 만나 의사소통하고, 봉사할 곳 생기면 일도 하고, 영어로 말할 외국 친구도 사귀겠습니다. 어학연수에 주어진 시간이 1년이라면, 바로 그 1년을 그렇게 보내는 게 훨씬 값지고 보람되지 않을까 싶습니다.

이곳에 이민을 오기 직전까지 대학생들이 선호하는 직장 가운데 하나인 언론사에서 기자로 일했습니다. 수습기자를 선발할 때면 이력서가 산더미처럼 쌓였습니다.

물론 우리 회사에서도 몇 년 전까지 토익 점수를 요구했습니다. 그런데 제가 이곳에 오기 2년 전부터 방침을 바꾸었습니다. 토익 점수를 제출하지 말라고 한 것입니다. 입사 원서를 내는 지원자의 대다수가 850점이 넘고, 900점을 넘는 지원자도 많으니 변별력이 사라진 것이지요. 회사에서는 "토익 점수 몇 점 때문에 인재 놓친다"면서 토익 점수 대신 작문 시험을 강화했지요. 그런데 놀라운 것은, 편집국에서 판단하기에 더 빼어난 이들이 입사하더라 이겁니다.

이 이야기를 장황하게 하는 까닭은, 지금은 대학생이라면 좋은 토익 점수와 마찬가지로 어학연수를 하지 않는 이가 거의 없기 때문입니다. 큰 비용과 그보다 비싼 시간을 투자해서 어학연수를 한다는 것이 취직 혹은 인생에 과연 얼마나 큰 도움이 될까 생각해봅니다. 높은 토익 점수와 마찬가지로 '어학연수'라고 쓰지 않은 이력서가 거의 없으니, 이력서에서도 빛을 발휘하지 못하겠지요.

또 하나. 토론토에 왔다고 금방 영어를 잘 익힐 수 있는가 하는 것입니다. 물론 단단히 마음먹고 한국 사람 절대 만나지 않고 독하게 공부한다면 효과가 있겠지요.

몇 년 전 이곳 어학연수의 현황을 기사로 써서 한국에 보낸 적이 있습니다. 몇몇 어학연수생을 만나 인터뷰했더니 어학연수에서 별 효과를 보지 못한 모양이더군요. 이곳에 어학연수를 온 유학생이 참 많습니다. 그들이 함께 어울려 다니는 모습을 자주 봅니다. 학원 안에도 한국 학생이 대부분이고, 바깥에서도 한국 학생들끼리 어울립니다. 돈을 아끼려면 숙소 또한 함께 구해야 하니, 영어보다는 한국말 할 기회가 훨씬 많을 것입니다. 한국과 다를 바가 조금도 없다는 얘기지요. 이런 환경에서 영어가 급속도로 늘기를 바랄 수는 없습니다. 오해는 하지 마시기 바랍니다. 백 퍼센트가 그렇다는 뜻은 아닙니다.

작년에는 제 사촌동생이 직장을 그만두고 1년간 어학연수차 왔었습니다. 처음에는 영어를 쓰는 캐나다 사람 집에서 하숙을 하다가 너무 비싸서 결국 한국 학생들끼리 아파트를 얻어서 지냈지요. 하지만 직장까지 그만두고 왔는데 만족할 만한 성과는 얻지 못한 모양입니다. "1년 동안 색다른 경험을 했다는 정도의 소득만 얻었다"고 하더군요.

1997년 가을 이집트에 출장을 간 적이 있습니다. 당시, 한국의 경주쯤 되는 도시인 이집트 남부 룩소르에서 한국 대학생 한 명을 우연히 만났습니다. 중앙대를 다닌다는 그 학생은 이스라엘 키부츠에 1년 계획으로 연수를 갔다가 답답해서 6개월 만에 그만두고 여행을 다닌다고 하더군요. 북유럽으로 올라갔다가 그리스를 통해 지중해를 건너 이집트로 내려왔고, 나일 강이 끝나는 지점까지 가보고 싶다고 했습니다.

재미나는 것은 역시 여행 중인 유럽 젊은이들과 만났다가 헤어지고 하는 일을 자연스럽게 반복했다는 사실이었습니다. 함께 잠도 자고, 밥도 먹고 하다가, 또 어느새 헤어지고, 또 다른 팀을 만나고 하면서 서너 명이 무리를 지어 다니더군요.

룩소르 신전에서 우리를 만났을 때는 폴란드와 영국 학생들과 함께 다니던데, 멋있어 보였습니다. 그들이 쓰는 언어는? 물론 영어입니다. 그 학생이 대견해서 우리가 묵는 호텔에 데려다가 샤워도 시키고 컵라면도 먹여주었지요. 중앙대 사진과를 나온 우리 사진기자는 귀한 후배 만났다며 손에 20달러를 쥐어주기도 하더군요.

내가 한국에서 여전히 직장 생활을 하고 있고, 또 수습기자의 1차 서류 전형을 나에게 맡긴다면 이력서에 '1년 어학연수'라고 적혀 있는 것은 눈에 들어오지 않을 겁니다. 대다수가 그것을 적었을 테니까요. 그 대신 '유럽 수십 개국 배낭여행' '버스 타고 북미 대륙 횡단' '블라디보스토크에서 런던까지 시베리아 횡단 열차 타고 가다' 같은 것이 적혀 있다면 눈이 번쩍 뜨일 것 같습니다.

내 주장이 옳다는 게 아니니 참고만 하시기 바랍니다.

덧붙이는 말.

1. 내가 아는 어떤 이는 인도 여행 중 캘커타의 '마더 테레사의 집'에 우연찮게 들렀다가 여행을 포기하고 그곳에서 6개월 동안 봉사를 했다고 하더군요. 전세계에서 몰려든 젊은이들과 어울리며 환자를 돌보는 일을 했지요. 그들이 사용한 언어는 물론 영어였습니다. 그리고 영어보다 더 소중한 것을 얻었는데, 바로 유럽 도처에 깔린 친구들입니다. 그 친구들이 한국을 종종 방문하는 모양이더군요. 그 사람은 마더 테레사의 집 체험기를 잡지에 기고도 하고 책도 펴냈습니다. 요즘도 유럽 친구들을 찾아다닌다고 합니다.

2. 1997년 영국 런던의 테이트갤러리 앞에서 뜻하지 않게 대학 후배를 만난 적이 있습니다. 나는 '유럽 미술관을 순례'하는 출장 중이었습니다. 그는 호랑이 그림이 박힌 티셔츠를 입고 미술관을 유유자적 돌아다니더군요. 사학과 재학생이었지요. 유럽에서 미술관만 찾아다닌다고 했습니다. 반가워서 맥주를 진하게 사주었지요. 아마 한국에서 미술 전문가라 해도, 저 후배만큼 유럽 미술관을 많이 본 이는 드물 겁니다. 러시아에서부터 영국까지 서진을 하며 훑어 왔다고 하니까. 이왕 돈 쓰면서 외국 경험을 할 거라면, 이렇게 하는 게 멋지지 않습니까?

고딩은 노느라 대딩은 공부하느라 '코피 터진다'

2005년 10월 우리 가족이 처음으로 한국 나들이를 했을 때의 기억을 또 떠올려야겠다.

우리 큰아이 시경이는 캐나다에서는 7학년, 한국으로 따지자면 중학교 1학년이다. 지난번 한국에 갔을 때 시경이는 친인척 집에서건, 아빠 친구의 집에서건, 같은 또래와 제대로 놀 수가 없었다. 그 아이들은 너나 할 것 없이 너무나 바빴다. 수험생 나이도 아닌데 이상한 일이었다.

아침 7시쯤이면 등굣길에 나서고 오후 4시쯤 집으로 돌아왔다. 여기까지는 이상할 게 하나도 없다. 이상한 것은 그다음이었다. 집에서 30분 남짓 쉰 다음, 가방을 둘러메고 다시 나갔다. 예외가 없었다. 그것은 오후반 등교처럼 보였다. 학원에 가는 것이다. 그러고는 밤 11시가 다 되어 돌아왔다. 이때쯤이면 시경이는 잠에 곯아떨어지기 일쑤였다. 잠을 자지 않는다 해도 시경이와 놀아줄 한가한 친구나 형은 없었다.

과외 시키기, 학원 보내기와 같은 중고교생의 사교육, 예능 과외수업 등으로 빈틈없이 짜인 초등학생들의 스케줄 같은 것은 내가 이민을 오던 해인 2002년에도 물론 있었다. 나의 연배가 중학생 학부모 대열에 들어섰기 때문에 내가 민감해진 것인지, 아니면 3년 만에 벌써 새로운 시각을 가진 이방인이 되어서 그런 것인지는 모르겠으나 청소년들의 방과후 교육은 '과열'이라는 표현으로는 부족했다. '극악스럽다'는 것이 딱 어울렸다.

2005년, 한국의 작가·시인들과 나눈 시시콜콜한 대담을 풀어 만든『한국문학의 사생활』(문학동네)이라는 책을 이곳에서 받아본 적이 있다. 그 가운데 인상적인 대목. 사회를 맡은 김화영 교수(고려대·문학평론가)가 이런 말을 했다.

"요즘 전업 작가들이 경제적으로 얼마나 힘이 들까 생각해봅니다. 이제 자녀들의 과외는 선택이 아니라 필수 사항이지 않습니까. 글을 써서 과외까지 시키자면 얼마나 힘이 들겠어요?"

이 말을 들으면서 나는 마음이 많이 시렸다. 나의 형이 글을 써서 밥벌이를 하는 전업 작가이기 때문이다. 이제는 가난한 작가들마저 저 광풍에서 헤어나지 못하는 세상이 되었구나 하는 새삼스러운 확인에 적잖게 놀랐다.

사정이 이쯤에 이르고 보면 "자녀 교육을 위해 이민을 간다"는 것은 말이 된다. 요즘 들어 캐나다의 교육 환경도 조금씩 나빠지고 있다고 하지만, 최소한 내 주변 청소년과 청년들을 보면 한국과는 많이 달라 보인다.

달라도 아주 많이 다르다.

세 살 때 캐나다로 이민을 왔다는 토론토 대학 3학년인 이재우 군에게 물어보았다.

"중고등학교 때 뭐 하면서 주로 지냈어요? 공부 많이 했어요?"

"아뇨, 많이 놀았죠."

"어떻게?"

"집에 오면 4시쯤 되는데 음악을 듣거나, 친구들 만나 농구를 하거나, 책을 읽거나…… 일요일에는 교회 나가서 예배 보고 친구들하고 놀거나 자원봉사도 했고요."

"과외 같은 거 안했어요?"

"한국에서 하는 과외는 받지 않았고요, 방과후 특별활동으로 배구를 열심히 했어요."

"부모님이 공부하라고는 하지 않으세요?"

"두 분 모두 일하시느라 바빠서 신경 쓸 틈도 별로 없었지만, 그런 스트레스는 주지 않으셨어요. 그럴 필요가 없으니까요. 다른 친구들은 용돈을 벌기 위해 일도 많이 했는데, 저는 부모님 하시는 일을 많이 도와드렸어요."

이군에게 한국 중고생들이 공부를 어떻게 하는지 아느냐고 물었더니 이런 대답을 내놓았다.

"몇 년 전에 한국에 갔는데 친척 형 얼굴도 제대로 못 봤어요. 고등학생이었거든요. 한창 놀아야 할 아이들을 저렇게 공부에만 몰아넣는 것은 심각한 인권 침해인 것 같아요."

캐나다의 중고등 학생들은 공부든, 어떤 일이든 혹사를 당하지 않는다. 극성스러운 부모들이 학원에 보내면서 들볶는 경우도 없지 않지만 그것이 오히려 예외에 속한다. 그 예외에 한국인 부모가 많다는 것이 눈에 띌 뿐이다.

학교 수업은 아침 8시 30분에 시작해 오후 3시 30분에 끝난다. 그 사이에 점심시간이 있는데 아픈 아이들을 제외하고는 누구도 교실에 있어서는 안 된다. 날이 추워도 아이들은 건물 바깥으로 나가서 뛰어놀아야 한다. 방과 후에는 특별활동을 하거나, 집에 와서는 숙제를 하고 게임을 하거나 책을 보거나 텔레비전을 본다. 물론 예외는 어디에나 있어서 한국 학생이 많은 학교에서는 경쟁이 심한 편이다. 한국 부모들은 실력 향상이라는 명분을 내세우지만 실상은 다른 아이들과의 경쟁 때문에 학원이나 과외를 보내는 경우도 많다.

캐나다의 일반 청소년들은 언제나 용돈이 부족하다. 경제 사정이 어렵지 않은 가정에서도 대학생은 물론 청소년 자녀에게도 차비와 옷값 외에는 주지 않는다. 이것이 사회적 통념처럼 되어 있다. 친구들과의 만남 때문에 돈이 필요한 고교생들은 대부분 아르바이트 전선에 나선다. 햄버거 가게나 커피점, 식당, 식품점, 옷가게 같은 곳에서는 파트타임으로 일하는 청소년들을 언제나 볼 수 있다.

고등학교 때까지는 놀 만큼 놀고 벌고 싶은 만큼 벌면서 심리적으로는 여유 있게 생활한다. 그러나 개인이 성인 대접을 받게 되는 대학에 가면 사정은 백팔십도 달라진다. 고교에서 성적이 썩 뛰어나지 않더라도 이른바 '이름 있는 대학'에 입학은 할 수 있다. 문제는 그다음부터다. 말 그대로 '코피 터지게' 공부하지 않으면 2학년으로 진급을 할 수가 없다. 2년 정도가 지나면 입학 정원의 절반 정도만 남고 졸업할 때는 3분의 1로 줄어드는 경우도 있다. 공부가 필요하다고 스스로 느끼면 살아남고, 대학 공부가 불필요하다 싶으면 다른 직업을 찾게 된다. 판단은 오로지 성인이 된 개인의 몫이다.

캐나다 대학생들은 한국의 고교생 이상으로 공부한다. 하루 한 시간 삼십 분 정도의 통학 시간이 아깝다고 기숙사에 일부러 들어가는가 하면, 시험 때만 되면 대학가 젊은이들은 얼굴이 누렇게 뜬다. 사나흘 도서관에서 밤샘을 해도 지치지 않는 대학생도 많다. 고교 때 이민 온 딸이 대학에 들어가자 어떤 한국 어머니는 딸이 안쓰러워 어쩔 줄 몰라했다.

"이곳에서 청소년기를 보낸 애들은 그때 비축한 체력으로 대학 때 공부하는데, 우리 딸은 한국에서도 진을 뺐잖아요. 진짜 공부는 지금부터인데 걱정이 많아요."

공부에 시달린다고 해서 부모에게 손을 내밀 수 있는 처지도 아니다. 정부로부터 학자금을 융자받은 뒤 졸업 후 갚아나가는 제도를 활용하는 경우가 많다. 학기 중에도 아르바이트를 하고, 방학 때는 2~3개월 동안 아예 '직업'을 구한다. 목돈을 쥘 수 있기 때문이다. 정부에서는 방학 때 아르바이트하는 대학생들에게 대우를 잘해주라고, 대학생을 직원으로 쓰는 기업에 자금을 지원해준다.

오지의 숲속에 2~3개월 동안 묻혀 꼬박 나무만 심는 아르바이트도 유명하다. 무엇보다 벌이가 괜찮기 때문이다. 2년 전 여름, 캐나다 최대의 신문 『토론토 스타』는 숲속의 아르바이트를 고발하는 기사를 1면 톱으로 내보낸 적이 있다. 그 기사에 사진으로 실린 한 여대생의 손은 광부의 손처럼 갈라져 있었다. 손톱은 몽땅했고 손가락도 엉망진창이었다. 진보적인 성향의 『토론토 스타』는 "대학생들을 너무 혹사시키는 것 아니냐"고 비판했지만 오지에서 중노동으로 몇 개월을 보내는 그들은 "견딜 만하다"고 했다.

초등학교 때부터 학원과 과외 공부에 시달렸다면 저같은 일은 엄두도 내지 못할 수 있다. 우선 체력이 소진되어 몸이 견디지 못할 것이다.

2006년 2월 인터넷을 통해 충격적인 뉴스 세 개를 연달아 보았다. 먼저, 초등학교 6학년생이 공부가 부담되어 자살한 사건. 청소년의 자살은 이제 뉴스거리도 되지 않는 듯이 보인다. 그다음은, 강남 대치동의 한 고등학생 과외비가 280만 원이라는 사실. 이곳에 사는 웬만한 가정의 한 달 생활비다. 더 놀라운 점은 그 동네 평균 과외비가 2백만 원이라는 것이다.

성격은 약간 달랐지만 나는 『오마이뉴스』라는 인터넷 매체에 오른 글을 접하면서 앞의 두 문제 못지않게 우울했다. 어느 가정주부 '기자'가 쓴 글로, 남편으로 하여금 금연을 하게 하고 그 돈으로 자녀 학원 한 과목 더 시킨다는 내용이었다. 그 기자는 그것을 자랑스러워했다.

이 글과 맨 앞의 자살 사건 기사가 자연스럽게 겹쳐졌다. '남편을 '사지'에서 구해내고 자녀를 '사지'로 몰아넣는다? 무서운 일이다.

이방인의 눈으로 보기에 한국의 고교 입시는 완벽하게 부활했다. 친구나 친척의 자녀들은 또 예외 없이 외고나 과학고를 지망했다. 아이들은 외고와 과학고에 진학하기 위해 초등학교 때부터 준비에 들어간다고 했다. 입시가 실제적으로 부활했는데, 평준화 정책을 고수한다 어쩐다 하는 것은 '눈 가리고 아웅'도 이만저만이 아니다.

나는 오랜만에 만난 친구들에게 이렇게 농담을 하곤 했다.

"애들이 학교에는 출석만 하고 학원에 가서 공부한다며? 그럼 해결책은 간단하네. 학교 없애고 학원을 학교로 만들면 되잖아."

지금 생각해보니 저 농담은 농담이 아니다.

캐나다 영어 산업, 한국 학생이 '봉'이다

토론토에서 지하철을 타면 한국말을 심심찮게 들을 수 있다. 영어를 가르치는 곳이라면 대학 기관에서든 사설 학원에서든 한국 학생을 자주 접할 수 있는 까닭에 머나먼 이국땅에서도 한국인끼리 별로 반가워할 일이 없다.

영어 교습을 상품으로 판매하는 '산업'은 캐나다에도 물론 존재한다. 하지만 초기 이민자에게 거의 무료로 제공되는 ESL(English as a Second Language) 교습과 '영어 산업'은 차원이 다르다. 캐나다 토론토에서 영어 산업을 '부흥' 시킨 일등 공신으로 한국 학생들을 꼽는다 해도 틀린 말이 아니다.

이는 몇몇 사례만 보아도 쉽게 확인할 수 있다. 일간지 『토론토 스타』에는 영어 교사를 구한다는 광고가 늘 실린다. 매회 5~6개씩 등장하는 그

광고 중 4~5개에 표기된 근무지는 'South Korea'이고 나머지 하나 정도가 타이완이다.

토론토의 에글린턴 거리에는 영어를 가르치는 사설 학원 40여 개가 밀집해 있다. 이 학원가의 가장 중요한 고객은 물론 한국에서 온 어학연수생이다. 초등학생과 중학생도 적지 않다. 한국 학생이 전체 정원의 80퍼센트가 넘는 학원도 있고, 최소가 50퍼센트 이상이다.

10개월간의 영어 연수를 끝내고 11월에 귀국한다는 이아무개(한국외국어대 3년 휴학) 씨는 "우리 반 정원 여덟 명 가운데 한국 학생이 여섯 명이었다. 나머지 한 명은 일본에서 왔고 다른 한 명은 남미 출신이었다"라고 말했다. 그는 국내에서도 영어 공부는 할 수 있지만 어학연수 경험이 취업에 도움이 될 것 같아 이곳에 왔다고 밝혔다.

어학연수생들이 캐나다에 도착해 가장 먼저 찾는 곳은 대학 부설 언어학교이다. 이 가운데 조지 브라운 대학이 한국 학생들에게 특히 인기가 높은데, 이 대학 언어 학교 정원의 절반 가까이가 한국 학생이다.

오타와 주재 한국대사관과 토론토 총영사관이 집계한 자료에 따르면, 어학연수생을 포함한 한국 유학생은 2002년의 경우 4만여 명에 달했다. 캐나다 전체 교민 18만 명의 22퍼센트를 차지하는 엄청난 숫자이다. 2006년, 저 숫자가 절대 줄어들었을 리는 없다. 이곳에서 보기에, 한국의 영어 열풍이 '광풍'으로 바뀐 지 이미 오래되었기 때문이다.

캐나다 이민부가 발표한 최근 자료에 따르면, 한국은 1999년 중국을 제치고 유학생 순위 1위에 오른 이래 지금까지 그 자리를 넘겨주지 않고 있다. 2001년에는 1만 3,479명이 몰려와 캐나다에 온 외국 유학생의 18.2퍼센트를 차지했다. 물론 한국에서 접하기 어려운 학문을 공부하러 온 유학생도 적지 않다. 하지만 평균 10개월 예정으로 온 어학연수생이 유학생을 압도하고, 유학생 가운데서도 새로운 학문보다는 '캐나다 대학 졸업장'과 '유창한 영어 실력'이 필요해 온 이들이 많은 수를 차지한다.

어학연수생이나 유학생들은 미국에 비해 안전하고 학비가 싸다고 여겨 캐나다를 선택했지만, 비용은 미국 못지않게 비싸다. 어학연수생의 경우 사설 학원비(대학은 훨씬 비싸다)가 한 달 평균 800캐나다달러(약 66만 원), 방 임대료가 적어도 450캐나다달러(약 37만 원)에 달한다. 유학생은 한 학기 등록금으로만 5천 캐나다달러(약 415만 원)를 내야 한다. 캐나다 학생보다 다섯 배나 비싸다.

이 때문에 한국 학생들을 대상으로 사업을 하는 각종 중개인이 생겨나기도 했다. 그들은 한국에서 일할 영어 교사로 캐나다인을 소개하는 한국 유학생들에게 300캐나다달러(약 25만 원)를 지급한다. 캐나다인과 위장 결혼을 주선하는 브로커가 있다는 것은 공공연한 비밀이다. 1만 캐나다달러(약 830만 원)만 들이면 비싼 등록금 등 유학생 신분이기 때문에 겪는 각종 어려움을 한번에 해결할 수 있기 때문이다.

캐나다 서점에서 구입한 토익 학습서를 들고 다니는 한국 학생도 심심치 않게 볼 수 있다. 토익 점수는 캐나다에서 아무짝에도 쓸모가 없다. 이쯤 되면 캐나다의 '영어 산업'은 한국 학생들이 먹여 살린다고 해도 무리가 아니다.

이민은 만병통치약이 아니다

2001년 9월 캐나다 토론토로 이민을 온 김아무개(35세) 씨는 꼭 1년 만에 이민 생활을 청산하고 한국으로 돌아갔다. 그는 한 이민 관련 사이트에다 역이민을 하게 된 안타까운 사연을 이렇게 적었다.

"일자리를 구하려고 사방을 쑤시고 다녔다. 9년차 컴퓨터 프로그래밍 경력으로도 직장에 들어갈 수 없었다. 사실 이민 오기 전까지는 취업을 하지 못하는 다른 사람들이 무능력해서 그런 줄 알았다. 한 달도 지나지 않아 내 생각이 잘못되었다는 것을 깨달았다. 그들도 대단한 전문가들이었다."

김씨는 아파트 임대료라도 벌기 위해 한인이 운영하는 PC방에서 일했다. 그러나 "잡일을 하면서 시간을 보내다가는 가진 기술마저 모두 잊어버리겠다" 싶어 서둘러 한국으로 돌아갔다. 김씨는 "캐나다엔 좋은 환경도 많지만, 먹고살 길이 보이지 않는 나라에서 다른 환경이 눈에 보일 리 있겠는가"라고 반문했다.

2003년 9월 한국의 어느 홈쇼핑 채널이 내놓은 캐나다 이민이라는 '상품'은 한국 사회에 엄청난 반향을 불러일으킨 바 있다. 상품을 사겠다고 수많은 사람들이 몰려든 현상을 앞에 두고, 다름 아닌 한국 사회가 큰 충격을 받은 듯했다. 신문·방송 할 것 없이 저 뉴스를 연일 보도했던 것이다. 지금은 주춤해졌지만 1990년대 말부터 한국에서 벌어진 이민 러시는 이민 당사국인 캐나다 사회에서도 화젯거리가 되어 텔레비전 뉴스에서 소개되기도 했다. 한국에서 일어난 열풍으로 인해 캐나다 매니토바주가 이민 알선업체들에 대한 기준을 엄격히 적용하고 문호를 새롭게 점검했다는 후문도 들린다.

최근 한국에서는 30대 초중반의 비교적 젊은 층까지 이민을 꿈꾸고, 어려운 일을 앞둔 사람들 사이에 '이민 가겠다'는 말이 유행어가 되었다지만, 이민이 모든 문제를 말끔하게 해결해주는 만병통치약이라고 생각하면 큰 오산이다. 말하자면 '한국 고민'이 끝나자마자 '캐나다 고민'이 시작된다고 보면 정확하다. 캐나다로 건너온 이들 가운데 90퍼센트 이상은 꿈과 실제 사이의 차이 때문에 고민하지 않으면 안 되는 것이 냉정한 현실이다.

2000년대 초반까지 한국에서 자영업에 종사하던 윤아무개 씨는 전화위복이 된 경우. 2001년께 '캐나다 이민은 물론 직장까지 알선해준다'고 광고하는 한국의 어느 기술학교에 등록했다가 낭패를 본 그는, 2003년 가을 가족을 두고 혼자서 토론토로 건너왔다. 2년제 대학에서 영어 공부부터 시작한 윤씨가 이민 사회의 현실을 깨닫는 데는 그다지 오랜 시간이 걸리지 않았다.

IT업종에 종사한 30대 초반의 이민 기술자들이 직장을 구하지 못해 놀거나 단순 직종에 종사하는 마당에, 30대 후반에 접어든 그가 전문직을 구한다는 것은 거의 불가능했다. 게다가 그는 기술자도 아니었다. 그는 한국으로 돌아가면서 "현실을 잘 보고 간다. 그래도 나는 다행이다"라고 말했다. 사정을 잘 모르고 가족 모두 이민 와서 돈 버리고 마음고생 하는 것보다는 백번 낫다고 그는 결론을 맺었다.

1990년대 후반에는 그래도 기술 이민자들이 이곳에 건너올 만했다. 'Y2K 문제' 등으로 전산 관련 종사자는 오자마자 어렵지 않게 일자리를 얻을 수 있었다. 그러나 2000년대 접어들면서 상황은 돌변했다. 이곳에서 대학을 졸업한 이민자의 자녀들도 '청년 실업난'에 시달리거나 좋은 일자리를 구하지 못해 미국으로 건너가는 형편이다. 사정이 이러하다보니 신규 이민자의 취업문은 시간이 지날수록 좁아지고 있다.

이는 비단 한국 이민자에게만 해당되는 이야기가 아니다. 캐나다 연방 통계청은 3~4개월마다 '이민자 취업 현황'을 발표하고 있다. 최근 나온 통계 자료를 보면, 2000년대 초반에 이민을 온 신규 이민자 가운데 60퍼센트는 이전 경험과는 무관한 판매·생산업에 종사하고 있다. 말하자면 전문 직종에 종사했던 고급 인력들이 캐나다에 와서는 단순 노동자로 전락했다는 것을 의미한다.

홍세화 씨가 '파리의 택시 운전사'로 한국에서 유명했다지만, 학력으로 따지자면 토론토의 택시 운전사는 전세계에서 학력이 가장 높은 것으로 알려져 있다. 인도 계통이 대다수인데, 박사학위 소지자가 수두룩하다. 취업을 원하는 기술 이민자들의 실제 체감 온도는 연방 통계청의 자료보다 훨씬 냉혹하다. 백 장이 넘는 이력서를 뿌려도 면접조차 못 보는 경우가 허다하다.

캐나다의 이민법이 강화되고 이민살이의 고달픔이 한국 사회에 널리 알려지면서 캐나다로 건너오는 한국인의 숫자가 눈에 띄게 줄어들고 있다. 2006년 2월 한국 외교통상부가 발표한 2005년 해외이주 통계자료에 따르면, 작년 한 해 캐나다 이주 신고를 마친 한국인은 총 2,799명이었다. 1년 전인 2004년(4,522명)에 비해 38퍼센트(1,723명)나 줄었다. 특히 한국인의 캐나다 이민자 수는 지난 2000년의 9,295명을 최고점으로 매년 감소 추세를 보이고 있다.

캐나다에 적응 못해 한국으로 돌아가는 역이민자도 상당수에 이르는 것으로 나타났다. 2년 전 한국 외교통상부 자료에 따르면, 취업난 등의 이유로 한국으로 되돌아간 역이민자의 수가 693명이었다.

한국의 이런저런 상황이 싫다고 이민이 한 방편으로 활용되고 있지만, 이곳 이민자들은 '환상은 금물'이라고 한결같이 지적한다. 이민을 오면 문제가 해결되는 것이 아니라 또 다른 종류의 고단한 현실이 기다리고 있는 것이다. 물론 대부분의 사람들은 눈높이를 낮추고 당장의 어려움을 참아가면서 묵묵히 뿌리를 내려가고 있다.

한국에서 전업 주부였던 이아무개(43세) 씨는 "나도 2년 전에 남들이 간다기에 따라왔는데 이제는 이민살이가 무엇인지 깨달았다. 이 나라에서는 무슨 일을 하든 일한 만큼만 누릴 수 있다는 것을 명심, 또 명심하고 와야 한다"고 충고했다. 그래야 '괜히 왔다' '돌아가야겠다' 같은 쓸데없는 고민을 하지 않게 된다는 것이다.

누가 캐나다를 '천국'이라 하는가

지난 2003년 캐나다의 봄은 어느 해보다 잔인했다. 사스라는 괴질이 돌아 수십 명이 사망했고, 앨버타주에서 광우병이 나타나는 바람에 경제는 '죽을 쑤었다.' 캐나다산 쇠고기 80퍼센트를 받아들이는 미국과 한국, 대만, 일본 등 주요 수입국들이 빗장을 질러버렸기 때문이다.

잔인한 계절은 봄만이 아니었다.

여름 초입인 6월에는 사라진 사스가 되돌아오더니, 본격적인 여름에 접어들어서는 웨스트 나일 바이러스(West Nile virus, 뇌에 치명적인 손상을 입히는 뇌염의 일종)라는 또 다른 괴질이 모기를 타고 돌아다니는 바람에 온타리오주에서만 두 명이 사망했다. 캐나다 최대의 도시인 토론토에서는 "1차 사스, 광우병, 2차 사스, 웨스트 나일 바이러스. 그래도 나는 살아남았다"라는 문구가 적힌 흰색 티셔츠가 불티나게 팔려나갔다.

그해 캐나다의 잔인한 봄은 여름을 넘어 가을까지 끈질기게 이어졌다. 8월 14일 북미 동부 지역에서 발생한 정전 사태에 캐나다 온타리오주도 곁다리로 끼여 이틀 동안 고생해야 했으며, 서부 밴쿠버 쪽에서는 여름에 붙은 산불이 가을이 지나도록 꺼지지 않은 채 계속 타들어갔다. 그때 캐나다는 속된 말로 이래저래 '죽을 맛'이었다.

사정이 저러할 때에 한 홈쇼핑 업체가 캐나다 이민 상품을 팔아 '대박'을 터뜨렸다는 뉴스가 한국으로부터 날아들었다. 그것도 2차에 걸쳐 수백억 원어치를 팔았다고 했다. 해외 토픽과도 같은 이 뉴스를 접한 토론토의 많은 신규 이민자들은 씁쓸하게 웃었다. 모르긴 몰라도 그 웃음 속에는 이런 뜻이 들어 있었을 것이다.

'그래, 와봐라. 어떤 어려움이 기다리고 있는지 상상도 못할 것이다.'

사실 모홈쇼핑 업체가 '상품'으로 팔았다는 지역 자체가 이곳 이민자들의 고개를 갸우뚱하게 했다. 매니토바주라고 하면 토론토가 주도인 온타리오주 바로 곁에 있지만 한국 이민자들에게는 황무지나 다름없다.

매니토바주의 주도는 위니펙. 전체 인구가 1백만 명밖에 되지 않는, 주도치고는 크다고 할 수 없는 도시이다. 토론토에서 수십 년째 살아온 이민 선배들은 이런 걱정부터 앞세운다.

"매니토바라고? 거기서 뭘 해 먹고살 건가? 한국 사람도 기껏해야 수천 명밖에 안 될걸?"

한인 10만 명을 헤아리는 토론토의 경우는 사정이 좀 나은가? 결론부터 말하자면, 조금은 나을 것이다. 일단 일자리가 위니펙에 비해 많다. 또한 교회며 대학, 고교 동문회, 향우회 같은 모임을 열심히 쫓아다니면 외로움도 상당 부분 해소할 수 있다.

그렇다면 과연 캐나다는 한국에서 못 살겠다고 탈출을 감행할 만한 '천국' 같은 곳인가? '캐나다=천국'이라는 등식은 30~40년 전 한국이 후진국 시절이었을 때나 가능했다. 요즘에는 이민을 알선하는 이주공사(공사라니, 이름도 얼마나 고상한가!)의 광고 팸플릿에서나 볼 수 있을 것이다. 캐나다도 사람 사는 세상이라 인생살이에 따르는 각종 고단함과 고달픔이 없을 리 없다.

이민자들에게 이민의 초기는 그 고단함이 한국보다 훨씬 클 수 있다. 낯설고, 물 설고, 무엇보다 말이 설고 어렵다.

나는 이곳에 살면서, 예전 대학 교정에서 많이 보던 이식된 나무들을 자꾸 떠올렸다. 30~40년을 한곳에 뿌리내리고 살던 사람이 그 뿌리를 옮겨 새로운 땅에 와서 실뿌리를 새로 내리려 할 때, 그 고통은 얼마나 크고 그 생활은 또 얼마나 고단할까.

돈이 많아 평생 놀고먹을 수 있는 사람은 세상 어디서나 편하다. 캐나다에서도 마찬가지다. 몇 년째 거의 매일 골프만 치러 다니는 한인 이민자들도 부지기수니까. 그러니 그들은 논외로 하자.

문제는 한국의 복잡한 현실이 싫다고, 자녀 교육이 힘들어서, 미래가 보이지 않는다고 한국을 탈출하는 젊고 평범한 사람들이다. 이민을 결심한다 해도 지금 당장은 많이 어려운 편이다. 매니토바주만 빼고. 왜 그런가?

캐나다 연방정부가 2년 전에 발표한 새로운 이민법 때문이다. 간단하게 말하면, 지금 캐나다에 이민을 오려면 영어를 모국어처럼 구사하고, 석·박사학위를 지니고 있으며, 전문직 종사자로 캐나다에 오자마자 바로 취직할 수 있는 능력을 갖추어야 한다. 조지 부시 미국 대통령도 새 이민법을 통과할 수 없겠다는 우스갯소리가 나올 정도로 이민법이 강화되었다.

그러니까 몇 년 전까지만 해도 110점 만점에 70점 이상의 자격 요건만 되면 통과했는데, 지금은 100점 만점에 자격 커트라인이 75점이다. 이는 자기 돈을 들이지 않고 할 수 있는 이른바 독립 이민(기술 이민)의 경우이다. 재산이 많고, 또 돈을 많이 들여야 하는 기업·투자 이민의 경우는 사정이 다르다. 캐나다도 자본주의 국가인 만큼 부자가 돈을 많이 가져오겠다는 것을 마다할 리가 없다.

2005년 여름, 캐나다 연방 이민성은 이민 정책을 대폭 완화해 기술 이민자를 연 30만 명 받아들이겠다고 발표했다. 그러나 2006년 1월 23일 실시된 캐나다 연방총선에서 이민 정책을 보수적으로 펼치는 보수당에게 정권이 넘어가는 바람에 자유당이 세운 정책이 제대로 시행될지는 의문이다.

한국인의 캐나다 이민 붐이 일어난 것은 1990년대 후반이다. 그 붐을 주도한 이들은 IT분야 종사자, 컴퓨터 프로그래머, 엔지니어 등이었다. 특히 캐나다의 컴퓨터 관련 종사자의 수요는 Y2K 문제로 급증했었다. 당시 이곳에 건너온 사람들은 실력과 영어 구사 능력에 관계없이 일자리를 금세 얻을 수 있었다. 그들은 한국 친구나 회사 동료에게 말했다.

"이민 와라. 일자리는 많다."

토론토의 외곽 도시 브램턴에 살고 있는 홍아무개(35세) 씨도 저 소리에 귀를 기울였다. 한국의 한 자동차 회사에 근무하던 홍씨는 Y2K 문제 때문에 출장과 야근이 잦아지자 "가족과 좀더 많은 시간을 보내기 위해" 이민을 결심했다.

"먼저 이민 간 회사 동료들이 그랬습니다. 취직이 어렵지 않다고."

그런데 캐나다의 구직 환경이 몇 년 사이에 급변했다. 2002년 홍씨 가족이 이민을 올 무렵 토론토는 IT기술자들로 넘쳐났다. 이미 취직을 한 사람들도 직장에서 밀려날 판이었다. 이력서를 수백 장 작성해 보내고, 인터뷰도 몇 차례 해본 홍씨는 1년 뒤 취직에 대한 꿈을 접고 말았다.

그사이에 오타와, 몬트리올, 퀘벡 여행도 다녀오고, 가을에는 온타리오 주에서 가장 크고 아름답다는 알공퀸 공원에서 단풍놀이를 하면서 대자연을 만끽하기도 했다. 드넓은 공원에 나가 삼겹살을 굽고 캠핑을 떠나 텐트 안에서 잠을 자기도 했다. 아파트에 딸린 실내 수영장에서 7세, 3세 두 아들과 수영을 즐겼으며, 여름과 가을에는 과수원으로 체리, 복숭아, 사과를 따러 다녔다. 한 시간 삼십 분 거리에 있는 나이아가라 폭포에도 여러 차례 다녀왔다.

한국에서라면 꿈도 꿀 수 없는 꿀맛 같은 시간이었다. 그러나 가장인 홍씨의 마음은 언제나 무거웠다. 취직을 목표로 하고 왔는데 바로 그 문제가 해결되지 않은 탓이다. 이민 초기에는 ESL에서 부부가 함께 공짜로 영어를 배우기도 하고, 몇 개월 후에는 '코업(Co-Op)' 프로그램에 등록해 봉급 없는 일자리라도 타진해보았다.

코업이란 신규 이민 기술자들에게 캐나다식 '맞춤 교육'을 실시한 다음 기술자와 기업을 연결해주는 제도이다. 이 프로그램을 통해 많은 이민자들이 일자리를 구했다. 그러나 지금은 사정이 달라졌다. "돈 받지 않고 일하겠다. 경험만 쌓게 해달라"고 해도 그런 자리마저 드물다. 설사 그 일을 잡아도 일정 기간이 지나면 아무런 대가 없이 쫓겨나기 일쑤이다.

홍씨는 코업을 통하는 꿈도 접었다. 그러는 사이 통장 잔고는 눈에 띄게 줄어갔다. 평범한 4인 가족의 한 달 생활비는 아무리 아껴 쓴다고 해도 약 3천 캐나다달러(약 280만 원)는 든다. 한국의 아파트를 처분하고 들어온 홍씨로서는 위기가 아닐 수 없었다. 단순 작업을 하는 공장에 나가 아파트 임대료(1,400캐나다달러)라도 벌어야 했다.

2003년 겨울부터 공장에서 일하면서 취업 기회를 엿보던 홍씨는 아예 장기전에 들어갔다. 캐나다 학력과 경력을 요구하는 기업에 취직하기 위해서는 일단 거기에 자기의 외적 조건을 맞추어야 했다. 홍씨는 지금 2년 과정의 칼리지에 등록해 전산을 배우고 있다.

"물론 이곳 칼리지에서 배울 것은 없지요. 다 알고 있는 기초적인 것이니까. 그래도 어쩌겠습니까. 이 나라 기업이 이 나라 졸업장과 경력을 요구하니……"

신규 이민자에게 캐나다 경력을 요구한다는 것은 어불성설이다. 그러나 어쩔 수 없다. 그것이 저들의 기업 문화니까. 문제는 홍씨가 2년간 공부하고 난 뒤 일자리를 어렵지 않게 구할 수 있는가이다. '괜히 시간만 뒤로 미룬 것은 아닌가' 하는 불안감도 없지 않다. 앞날이 밝은 것만은 아니지만 홍씨는 지금 학점 관리를 최상급으로 하는 것을 목표로 삼았다. 그가 매일 아침(학기를 단축하기 위해 일요일에도 강의를 들으러 나간다) 학교에 갔다가 오후 2시께 귀가하면 그의 아내는 일터로 향한다. 한국에서 간호사로 일했던 그의 아내는 지금 식당에서 밤 10시까지 일한다.

"한국에서 받던 스트레스 같은 게 없으니까 마음은 편하다"고 홍씨의 아내는 말했다. 일주일에 하루 쉬지만 피곤하거나 불편한 것은 별로 없다. 물론 식당에서 일한다고 무시하는 사람도 거의 없다.

홍씨 부부는 그래도 긍정적인 사고방식을 가지고 비교적 적응을 잘하는 사람들이다. 포기할 것은 쉽게 포기해가면서 심리적 난관을 극복하고 앞날을 설계해놓았기 때문이다. 홍씨 부부의 경우 성격이 활달하고 낙천적이어서 장기 계획이 가능했다.

취직을 해서 몇 년째 직장 생활을 잘하는 이민자도 많이 있다. 그러나 홍씨가 보기에 이민 온 지 3년 안쪽의 신규 이민자 취직률은 채 10퍼센트도 되지 않는다. 취직을 용케 했다 해도 계약직에다가 월급도 형편없다. 생활을 할 수 없는 수준이다. 그 악조건을 그대로 감수하는 까닭은 계약직은 정규직으로 가는 징검다리이기 때문이다. 바로 '캐나다 경력'이 되는 까닭이다.

홍씨나 계약직, 나아가 파트타임이라도 묵묵히 받아들인 이들은 "느긋하게 적응하라"는 이민 선배들의 충고를 잘 받아들인 축에 속한다. 그와 반대로 금방 취직이 될 줄 알고 왔다가 또 금방 좌절하고 한국으로 돌아가는 이들도 적지 않다.

초기 이민자들의 문제는 뭐니뭐니 해도 일자리와 돈이다. 홍씨가 보기에, 한국이 아무리 불경기라고 하지만 이곳보다는 기술자들 일자리가 많다. 최근 역이민은 새로운 유형의 '기러기 아빠' 혹은 부모를 탄생시킨다. 학교 다니는 자녀와 아내를 두고 아빠 혼자 돌아가는 경우, 또는 부모만 귀국하는 경우가 많다. 이곳의 자유분방한 교육 스타일에 익숙해진 자녀들은 한국이라는 '입시 지옥'으로 돌아가려 하지 않는다.

한국 이민자들이 이민의 가장 큰 이유로 꼽는 것이 자녀 교육 문제이다. 그렇다면 캐나다는 과연 교육의 천국인가?

자녀 교육에 '성공'한, 이민 온 지 수십 년 되는 이들에게는 결과적으로 천국이었다. 공교육 시스템이 잘 갖추어져 있는데다 대학 입학도 그다지 어렵지 않아 자녀들을 건강하고 반듯하게 키울 수 있었다. 입학 대신 졸업이 어렵지만 한국 학생들은 졸업을 잘하는 편이다. 어릴 적부터 캐나다에서 자란 청년들을 만나 이야기를 나누다보면 깜짝깜짝 놀랄 때가 많다. 그들은 특히 원칙을 중요시하는 특성을 거의 공통적으로 지니고 있다.

토론토에서도 '콩나물 교실' 등으로 인해 공교육 시스템에 균열이 생겼다고 하지만 신규 이민자들은 자녀 교육에 관한 한 대체로 만족하는 편이다.

다시 초기 이민자의 '고달픈 정착 과정'을 돌아보자.

50대 초반의 김아무개 씨는 한국의 건축업계에서 이름 있는 사람이었다고 했다. 김씨가 이민을 신청하자 캐나다 정부는 기다렸다는 듯이 영주

권을 내주었다. 5개월 만에 서둘러 이민 가방을 쌌다.

"어렵다는 이민 비자가 쉽게 나오는 것을 보고 캐나다에 가면 금방 직장을 잡을 줄 알았습니다. 그러나 오산도 그런 오산이 없었습니다."

이력서를 뿌리듯 하고 다녔으나 역시 캐나다 경력이 전무하고 나이 많고 영어 못하는 그를 부르는 곳은 없었다(나이를 따지는 것은 불법이지만 취직을 하는 데 알게 모르게 작용한다). 2년제 대학 ESL 과정에 등록해 부족한 영어를 익히고 익혀도 소용이 없었다. 결국 그는 이민 온 지 1년여 만에 전업했다. 부동산 중개업 자격증을 따서 중개업자로 나선 것이다.

토론토 부동산 중개업자는 한국과는 개념이 조금 달라서 괜찮은 직업군에 속한다. 토론토에서는 최근 한인 부동산 중개업자가 급증해 150여 명을 헤아린다. 몇 년 전과 비교해 70퍼센트가 늘어난 숫자이다. 이유는 간단하다. 취직은 안 되고 '험한 일'도 하고 싶어하지 않는 한국 이민자들이 이 분야로 대거 몰려들었기 때문이다.

이곳에 적응을 잘하는 대다수의 이민자들은 김씨처럼 기대치와 눈높이를 대폭 낮춘 이들이다. 토론토에서 유명한 샌드위치 가게를 운영하는 이아무개(45세) 씨 부부도 바로 그 케이스. 이씨 부부는 한국에서 내로라하는 명문대 출신들이다.

북미 지역으로 이민을 온 지 10년이 넘은 이들은, 새로운 가게를 인수해 3년이 넘도록 휴일도 없이 개미처럼 일하고 있다. 가게가 자리를 잡으면 쉴 수 있다는 희망을 가지고 고달픈 시기를 통과하고 있는 것이다. 이씨의 부인 김아무개 씨는 말한다.

"이민 1세대는 자식 세대를 위해 자기 인생을 묻어야 한다고 봐요. 1세대가 한국에서 배운 것을 어디 여기서 써먹을 수 있나요? 자기 꿈은 일단 접고 아이들을 잘 키우면 그걸로 성공이지요."

비록 몸은 고달프지만 이씨 부부는 번듯한 가게를 운영해 주위의 부러움을 사는 성공한 이민자이다.

이민자들이 초기 정착 과정에서 헤매는 것은 한국인이든, 다른 나라 사람이든 예외가 없다. 그 사례는 주변에 널려 있다. 아주 특별한 경우는 이곳 신문에 가끔 대서특필되기도 한다. 특히 어렵게 이민을 와서 취직을 못한 인도계 이민자들의 원성이 자자하다. 다른 외국인들과 달리 영어를 거의 완벽하게 구사하는 그들은 "이민 오라고 그렇게 꼬셔놓고 막상 오니까 일자리를 주지 않는다. 신규 이민자에게 캐나다 경력을 요구한다는 것이 말이 되는가" 하고 항변한다.

토론토의 진보적인 일간지 『토론토 스타』에는 거의 매주 초기 이민자의 푸대접에 관한 고발 기사가 실린다. 온타리오주 총선이든, 연방의회 선거든 간에 고급 이민자 활용 문제는 언제나 뜨거운 쟁점으로 떠오른다.

하지만 새로 온 사람들에게까지 일자리가 돌아갈 만큼 캐나다의 취직 환경이 좋은 것은 아니다. 아니, 점점 상황은 악화되고 있다. 한 예로 2005년 연말에 미국 GM 자동차가 북미 지역 공장 문을 닫겠다고 발표했다. 조만간에 토론토 인근 도시 오샤와에서는 실업자가 한꺼번에 수천 명이나 생겨난다.

『토론토 스타』가 소개한 극단적인 경우는 잠비아 출신의 신규 이민자. 영국 에든버러 대학에서 산림학 박사학위를 받고 영국에서 연봉 20만 달러짜리 일을 하던 그가 숲이 많은 캐나다로 이민을 왔다. 그는 이민자의 냉혹한 취업 현실, 곧 모든 초기 이민자들에게 드높게 마련인 높은 취업 장벽에 부딪혔다. 그가 입에 풀칠을 하기 위해 얻은 직업은 골프장에서 허드렛일을 하는 잡역부. 그의 연봉은 1만 5천 달러이다.

이는 신문에 소개될 만큼 극단적인 경우지만, 취업을 염두에 두고 이민을 꿈꾸는 이들은 이민 초기의 냉혹한 현실을 먼저 알아야 한다. 이같은 현실이 얼마나 지속되는가, 어떻게 견디고 극복하는가 하는 것은 개인적으로 편차가 있겠지만, 저 냉혹함은 상상 이상으로 크고 오래갈 수도 있다. 이민을 꿈꾸는 이들이 반드시 새겨야 할 대목이다.

물론 대부분의 이민자들은 초기 정착 과정의 어려움을 잘 견디어내면서 뿌리를 내려간다. 이민 온 지 6년째로 접어든 박아무개(42세) 씨는 남들로부터 부러움을 사는 경우이다. 한국에서 엔지니어로 일했던 그는 초기에 직장을 구하러 다니느라 누구 못지않게 발품을 팔았다. 용케도 취직이 된 덕에 그는 4년째 직장 생활을 하고 있고 감원 바람도 신경 쓰지 않을 만큼 실력을 인정받고 있다. 얼마 전 회사에 결원이 생기자마자 대학 후배를 그 자리에 잽싸게 불러들였다. 박씨 또한 이 정도로 안착하기까지 숱한 어려움과 하염없이 기다리는 시기를 거쳐야 했다. "입술이 타들어갈 지경이었다"고 그는 말했다.

대부분의 초기 이민자들은 초기 정착 과정의 마음고생, 몸고생 때문에

서울의 친구나 동료들에게 이민을 선뜻 권하지 못한다. 이런저런 이유로 한국을 벗어나 새로운 땅에 발을 내딛는 순간, 종류는 다르지만 한국과 똑같은 '삶의 무게'에 짓눌리기 때문이다. 대부분의 이민자들은 이렇게 말한다.

"이민을 오는 것은 좋습니다. 그러나 환상은 금물, 도피성 이민도 금물입니다. 이곳에도 한국 못지않은 나름의 큰 어려움이 있습니다. 절대 천국이 아닙니다. 장단점을 정확하게 파악한 다음, 마음 단단히 먹고 오시기 바랍니다."

내가 외국에 산다고?

　최근 일이 년 동안 캐나다로 건너오는 한국 이민 인구가 눈에 띄게 줄어들었다. 캐나다가 이민 정책을 대폭 강화했다는 것이 첫번째 이유겠지만, 이민 초기의 정착 과정이 그리 만만치는 않다는 사실이 한국에도 널리 알려졌기 때문일 것이다.

　하지만 가족 모두가 건너오는 이민 대신, 이른바 '기러기 엄마' 혹은 조기 유학생과 어학연수를 하러 온 대학생들은 여전히 많다. 지난번 한국에 들어갔을 때 이민 생활에 대해 궁금해하는 이들이 적지 않았다. 특히 자녀들이 이제 막 중학생이 된 내 친구들에게 질문을 많이 받았다.

　"사는 게 어때?"

　나는 간단하게 답했다.

　"자연, 교육, 의료, 음식 환경은 캐나다가 좋아. 그런데 나머지는 한국보다 다 나빠."

사실이 그렇다. 캐나다는 우선 돈을 벌기가 한국보다 훨씬 어렵다. 특히 한국에서 오는 고학력 이민자들은, 고학력과 고학력을 기반으로 한 사회적 기득권을 모두 버리지 않으면 안 된다. 아니 버릴 수밖에 없다. 그것이 이민 사회에서 먹고사는 데 아무짝에도 쓸모가 없기 때문이다.

이른바 한국의 '명문'을 가지고 한인 사회에서 행세하는 경우도 없지 않지만 한인 사회에서조차도 웃음거리가 되기 십상이다. 말하자면 초기 이민자들은 너나 할 것 없이 '계급장 떼고' 모두가 같은 선상에서 새롭게 출발한다.

한국에서는 잘 몰랐던 나의 '사회적 신분' 혹은 '위치'를 이곳에서 새삼스럽게 알게 되는 경우도 종종 있다. 나는 문과 계통에서는 꽤 고급스러운 직종에 종사했다는 사실을 이곳에 와서야 깨달았다. 그래도 후회 없이 열심히 일했다는 사실을 가끔 떠올리곤 한다. 그 직종에서 벗어나 전혀 새로운 업종인 옷가게(육체노동)를 하는 처지에서 40년 가까운 한국 생활을 냉정하게 되돌아볼 수 있는 것도 성과라면 성과이다. 한국에서라면 내 삶의 뒤를 돌아보는 일이 거의 불가능했을 것이라는 생각이 든다. 이민 오기 직전까지 그렇게 살았으니까.

4년 넘게 살면서 버릇처럼 자문해보는 것이 하나 있다. 내가 사는 이곳이 정말 '외국'인가 하는 점이다. 영어보다 한국말을 훨씬 더 많이 쓰고, 인터넷 덕택에 한국 소식 또한 훤하게 꿰고 있다. '황우석 사건'에 대해서는 처음부터 누구보다 더 흥분하며 지켜보았다. 캐나다 연방의회 선거나 온타리오주 총선보다 한국의 대통령 선거 같은 데 훨씬 더 관심이 간다. 나만 그런 것이 아니라 이곳에 사는 대다수 한인들이 마찬가지다.

내가 밥벌이가 아닌 일로 외국인을 만나는 일은 거의 없다. 이민 1세의 대다수는 그렇게 살고 있다. 한국 신문 보면서, 한국 방송을 보고 듣고, 한국인들과 교류를 나누다보면 '내가 과연 외국에 살기는 사는 걸까?' 하는 의문을 갖게 된다.

캐나다는 미국과 달리 복합문화(Multi-Culture) 정책을 펴고 있다. 전세계에서 몰려온 백여 민족의 이민자들로 하여금 고유의 색깔을 유지하며 살게 하는 나라다. 캐나다가 각 민족의 색깔을 존중하는 '모자이크'라면, 미국은 민족의 정체성보다는 '하나'를 강조하는 문화여서 흔히 '용광로'라 불린다. 모든 것을 한데 넣어 한 색깔로 만들어버린다는 의미이다.

캐나다 연방정부는 거액의 지원금을 지불해가며 각 민족의 언어를 유지하게끔 돕는다. 우리의 자녀 대부분은 정부에서 지원하는 한글학교에서 한글을 따로 공부할 수 있다. 달리 말하자면 캐나다에서는 각 민족들이 다른 민족의 언어와 전통, 생활습관을 존중하면서 공존하는 나라이다. 그러다보니 '외국에 살지 않는 것 같다'는 느낌이 더 강하게 들지도 모른다.

하지만 그보다는, 외국 어디에 가든 지우거나 버릴 수 없는 것, 다름 아닌 한국 사람으로서의 정체성이 그같은 느낌을 더 강화시켜줄지도 모른다는 생각을 하게 된다. 그런 것은 누가 시켜서 유지되거나 하는 게 아니기 때문이다.

2005년 10월 한국 외교통상부 산하 재외동포재단에서 주관하는 재외동포문학상(소설 부문)을 받게 되어 서울에 들어간 길에, 역시 재외동포재단에서 초청한 예술가들과 자리를 함께하는 기회가 있었다. 세계 각지에서 문화예술 활동을 하는 젊은 한인 예술가들이 한자리에 모여 '정체성' 문제를 두고 의견을 나누었다. 아래의 글은 「나는 외국에 살지 않는다」는 제목으로 그때 발표한 발제문이다. 문학 부문과 달리, 공연예술인들 중에는 한국말을 전혀 못하는 2세도 많았다.

내가 경험한 세 가지 에피소드로 이야기를 풀어나가려 한다.

■■■

중국 연변 작가 이철용 씨. 그를 만난 건 1993년 9월이었다. 나는 당시 서울의 한 시사주간지 기자로서, 일제 강점기의 독립혁명가 김산의 행적을 찾아 연변으로 출장을 갔다가 이철용 씨를 만났다. 김산의 일대기를 시나리오로 만들어 한국에서 영화화하기를 꿈꾸었던 이씨는 나의 가이드를 자청했다.

이씨는 연길에서 나고 자란 사람이었다. 그는 자기보다 열 살 어린 나를 '아우님'이라 불렀다. 그와 함께 보낸 열흘 동안, 지금도 생각만 하면 가슴이 뜨거워지는 한 장면이 만들어졌다. 당시 연길시에는 대하소설 『혼불』의 작가 최명희 씨가 취재를 하러 와 있었다. 연변대 박창욱 교수, 최명희 씨, 이철용 씨와 함께한 저녁식사 자리에서 이 작가가 벌떡 일어났다.

"명희 누님, 아우님, 제 노래 한 곡 한번 들어보실랍네까?"

그는 허리춤에 손을 대고 목소리를 길게 뽑았다.

"울려고 내가 왔던가, 웃으려고 왔−던가."

옛 노래 「선창」이었다. 나는 거의 눈물을 쏟을 뻔했다.

조부가 가족을 이끌고 평안도에서 만주로 건너왔다고 자기 가족사를 전한 이 작가는 모국에 대한 경험이나 기억이 전무했다. 그래도 그는 조선 사람으로서 한글로 글을 쓰고, 자기가 조선 사람이라는 사실에 대해 추호도 의심이 없었다.

나는 「선창」을 이씨처럼 구성지게 잘 부르는 사람을 아직까지 보지 못했다. 바로 저 노래에 들어 있는 저 묵은 감정, 한국인이 아니라면 가질 수 없는 독특한 정서가 그의 작품에 녹아 있다.

그를 만난 지 2개월이 지난 1993년 11월 나는 그의 부음을 알리는 팩스 한 장을 받았다. 심장마비. 그의 나이는 당시 40세였다. 나와 함께 이 작가의 노래를 뼛속 깊이 음미했던 최명희 씨도 몇 년 전 유명을 달리했다.

■■■

토론토에서 한인들은 가족 단위의 모임을 즐겨 갖는다. 술자리를 겸한 식사는 으레 여흥으로 연결되는데, 음주가무를 즐기는 한민족의 수천 년 전통은, 21세기 캐나다 토론토에서 더욱 빛을 발하며 이어지고 있다. 토론토에서 자기 집을 가진 한인 대다수는 지하에 노래방 기계를 설치해놓았다. 이민 온 지 30년 된 사람이나, 이민 신참이나 마이크 잡는 모습만큼은 서로 비슷하고 자연스럽다.

내가 속한 어느 모임에서도 음주 후 가무로 만남을 마무리한다. 그런데 언제부터인가 이 모임의 가무는 특정 노래를 합창하는 것으로 끝을 맺는다. 「독도는 우리 땅」. 올해 초 일본이 다시 한번 독도를 자기네 땅이라고 우길 때부터이다. 나 또한 술과 분위기에 취해 눈이 감기고 고개를 끄덕이면서도 이 노래는 우물우물 잘 따라 부른다. 어떤 선배분은 "한국에 살 때보다 이곳에 와서 저 소리를 들으니 더 속이 상한다"고 말했다.

■■■■

1999년 9월 미국 뉴욕에서 재미 소설가 이창래 씨를 만나 인터뷰했다. 1995년 첫 장편 『네이티브 스피커(*Native Speaker*)』를 발표하면서 미국 문단에 등장한 그는, 4년 만에 두번째 장편 『의례적 삶(*A Gesture Life*)』을 펴냈다. 『의례적 삶』은 종군위안부 문제 등 한국의 옛 상처를 묘사하면서, 그 상처가 주인공의 개인사에 어떤 영향을 끼쳤는지를 정밀하게 분석한 지적인 소설이다. 이창래 씨에게 나는 이렇게 질문했었다.

성우제 당신의 처녀작 『네이티브 스피커』에서도, 이번에 발표한 『의례적 삶』에서도 정체성이 가장 중요한 문제로 설정되어 있다. 거기에 천착하는 까닭이 무엇인가?

이창래 정체성은 나에게 대단히 중요한 문제이다. 나는 늘 정체성 문제를 생각하는 사람이다. 특히 나 자신의 아이덴티티에 대해 나는 한국에서 태어났지만(3세 때인 1968년 미국으로 이민 온 그는 한국말을 하지 못한다) 미국에서는 한국인이 아니다. 내 삶은 미국인의 것과 별 차이가 없다. 그렇지만 나는 여전히 한국인이고, 한국에 대해 강력한 연대성(strong connection) 같은 것을 느끼고 있다. 그래서 한국 식당이 많이 있는 뉴저지의 포트리 부근에 집을 얻었다. 그런 점에서 나는 좀 우스운 사람이다. 미국에 있는 많은 한국인들도 나와 마찬가지일 것이다. 그래서 일상적으로 생각하는 것, 나의 피와 정신 속에 들어 있는 것이 소설의 이슈로 자연스럽게 등장하는 것이다.

성우제 그렇다면 당신은 스스로를 어느 지점에 놓고 글을 쓰는가?

이창래 나는 영어로 글을 쓰는 작가이다. 아마도 이 사실이 나를 영어권 작가 또는 미국 작가가 되게 하는 셈일 것이다. 그러므로 나는 미국 정서를 가지고, 한편으로는 미약하게나마 한국 정서를 가지고 소설을 쓴다. 그러나 내가 지닌 한국적 정서가 진정으로 한국적인 것인지에 대해서는 잘 모르겠다. 나는 한국에서 살아본 적도 없고, 한국은 이곳과 상당히 다른 곳이라고 알고 있기 때문이다.

다소 장황하게 소개한 세 가지 이야기를 놓고 보면, 외국에 살면서 글을 쓰는 한국인으로서 한국적 정체성에 대해 어떻게 생각하는지 자연스럽게 떠올릴 수 있다.

나는 지금 외국에 살고 있지만 이곳이 외국이라는 사실을 별로 느끼지 못한다. 이민 1세이기 때문에 더욱 그럴 것이다. 일을 제외한 모든 것은 한국인들과 연관되어 있다. 동창회나 교회를 비롯한 모임은, 내 경험에 비추어보건대 99퍼센트가 한국인들끼리 이루어진다. 이곳 한국인들은 실생활과 직접 관련이 있는 온타리오주 수상 선거에서 누구를 찍을 것인가 하는 데는 별로 관심이 없다. 그런데 실생활과 아무런 관련이 없는 한국 대통령 선거에는 관심이 아주 많다.

물론 이민 2~3세로 내려가면 사정은 달라질 수도 있을 터이다. 하지만 이창래 씨의 예에서 보듯 그것은 정도의 차이일 뿐, 정체성에 관한 문제는 아무리 긁어내려 해도 좀체 사라지지 않을 것이다. 가마솥에 눌어붙은 누룽지처럼 말이다. 임진왜란 당시 일본으로 끌려간 도공의 후예들은 지금도 자신들을 조선인이라 믿는다.

기쁘고 행복한 人

내 마음속의 스승들

학교를 떠난 지 올해로 16년째가 된다. 몸은 비록 학교의 울타리를 벗어났지만 나는 언제나 배우는 학생이었다. 내 마음속에 선생님들을 모시고 살아왔기 때문이다. 지금까지 그래 왔듯이, 앞으로도 나는 그분들이 내 마음속에 비문처럼 새겨놓은 지침을 받들며 살아가게 될 것이다.

사람들은 말한다. "당신은 참 운이 좋은 사람이야."

그 말이 맞다. 나는 스승복이 참 많은 제자다. 내 마음속에는 선생님이 네 분씩이나 살아 계신다. 두 분은 지금도 이메일로나마 가끔씩 인사를 드리고 있으며, 또 한 분은 다른 제자들을 통해 근황을 접할 수 있는 분이다. 또 한 분은 소식이 끊어졌으나, 최근 초등학교 동창회 홈페이지에 어쩌다 접속이 되어 다시 추억한 분이다.

앞의 두 분은 고등학교 은사님인 전신재 선생님, 대학 및 대학원 지도교수셨던 김화영 선생님이다. 세번째 분은 대학과 대학원 은사님인 강성욱 선생님이며, 마지막 분은 초등학교 4학년 담임이셨던 강홍석 선생님이다.

내 컴퓨터 파일에 들어 있는 저 선생님들에 대한 글을 끄집어내어 내 마음속의 스승님들에 대해 새삼 생각하려 한다. 앞의 두 분께서는 이메일로 안부 인사를 올리면 감사하게도 답장을 보내주신다. 전신재 선생님과 김화영 선생님은 바로 편지글을 통해, 강성욱, 강홍석 선생님은 내가 다른 인터넷 지면에 썼던 글을 통해 다시금 깊은 감사의 인사를 드리고 싶다.

∎∎∎

전신재 선생님

2002년 5월 캐나다 토론토로 이민을 온 이래 전선생님께 편지를 세 번쯤 드렸다. 선생님께서는 짤막하지만 두 번, 세 번, 아니 열 번을 곱씹으며 읽게 하는 답장을 보내주신다. 내 마음속에 살아 있는 선생님의 모습이 바로 그렇다.

Wed, 14 Jan 2004 18:16:42

우제에게

이메일 반갑게 잘 받았다.

가족들 다 잘 있다니 고맙고, 큰아이 잘 적응하고 있다니 더욱 고맙다. 새로운 환경에서 새로운 삶을 개척하는 고난을 겪겠지만 그것을 거름 삼아 보람 있는 삶을 세워나가기 바란다. 늘 긴장하고 있으면서 정성을 다하면, 그리고 넓게 생각하고 앞을 멀리 보면 시행착오를 줄일 수 있을 것이다. 올 상반기에 시작할 일이 잘 이루어지기를 기원한다.

우리 집 짓는 일은 대강의 설계만 해놓고 아직 착수는 못하고 있다. 퇴직 전에 매듭지어야 할 일들, 퇴직 후 삶의 설계 등 여러가지 일들이 맞물려 있어 그리 간단하지는 않다.

새해에 꾸준한 발전이 있기를 바란다.

1979년 3월 양정고등학교에 입학한 나는 우연히 문예반에 발을 들여놓았다. 지금 생각하면 나에게 고교 시절은 여러 가지 이유로 가까스로 '견디어낸' 시기였다. 밝고 자신감 있게 웃어본 기억이 별로 없다. 문예반에서 활동하지 않았더라면 나는 고교 시절을 기억 속에서 서슴없이 지워버렸을 것이다.

그런 점에서 나에게는 문예반이 양정고보다 훨씬 더 큰 의미가 있다. 무엇보다 친구들을 얻었기 때문이다. 초기 이민자로서 새로운 땅에 뿌리내리느라 정신이 하나도 없는 나에게 굳이 글을 쓰게 만든 친구도, 지금 전 선생님과 같은 대학에 재직 중인 문예반 출신의 윤태일 교수이다. 내가 서울에 가면 가장 먼저 불러낼 사람들이 바로 문예반 친구들이다.

간단하게 말하자면 저 친구들을 평생 친구로 묶어주신 분이 전신재 선생님이다. 위의 편지글에서 보이듯이, 선생님께서는 언제나 짧고 분명하게, 그리고 단순하게 가르침을 주신다. 특히 이런 대목에서 그렇다.

"늘 긴장하고 있으면서 정성을 다하면, 그리고 넓게 생각하고 앞을 멀리 보면 시행착오를 줄일 수 있을 것이다."

단순함은 아름답다. 그리고 힘이 세다. 비록 전선생님을 모르는 독자라 하더라도 선생님께서 어떤 스승이신지 이 단순한 편지글을 통해 어렵지 않게 눈치챘을 것이다. 내가 아는 한, 선생님께서는 평생을 저 편지글처럼 살아오신 분이다. 문예반 지도교사의 모습도, 고3 국어선생님의 모습도 한결같다.

고교 졸업 후 한림대로 자리를 옮기신 후 뵌 모습에서도 한치의 다른 모습을 찾을 수 없었다. 학문의 길도, 일부러 가장 어려운 코스를 찾아 한발 한발 조용조용 옮기신 것으로 보인다. 강원도 아라리를 십수년 동안 채집, 연구, 보존하신 것도 그러하거니와 평생 연구 대상으로 삼은 김유정 연구에서도 나는 선생님의 '한결같음'을 느낀다.

나는 한국에서 10년 넘게 문화부 기자로 일했던 까닭에, 다른 친구들보다 선생님을 가까이에서 뵐 기회가 많았다. 지면을 통해 이야기하기가 다소 거북하지만 선생님의 진면목을 기록해두기 위해 내가 아는 '비화'를 공개해야겠다("선생님, 죄송합니다").

1980년대 후반 이래 한국에서 대학에 교수로 취직한다는 건 낙타가 바늘구멍 지나는 것만큼이나 어려운 일이다. 대학 당국에 선을 대려고 사돈의 팔촌의 친구의 처조카까지 동원하는 것이 공공연한 상식이다. 그러나 한림대 교수로서 교무처장, 대학원장이라는 보직을 맡으신 선생님 앞에서 한국 사회의 저 공공연한 상식이자 법칙은 보기 좋게 깨졌다. 기분 좋게 깨졌다. 나는 그런 사례를 여러 개 알고 있다. 이렇듯 선생님은 원칙을 지키며 정도만을 걸어오신 분이다.

이민자로서 새로운 땅에 실뿌리를 내리고 있는 나는 오늘도 생각한다. "늘 긴장하고 있으면서 정성을 다하면, 그리고 넓게 생각하고 앞을 멀리 보면 시행착오를 줄일 수 있을 것이다."

····

김화영 선생님

김화영 선생님은 카뮈 연구로 유명한 불문학자이자 빼어난 번역가이며 문학평론가이다. 그러나 나에게 선생님은 '영원한 문청(문학청년)'으로 살아 계신다. 내가 선생님을 처음 뵌 것은 1982년이었다. 그때 선생님의 연세는 지금의 나와 비슷했다. 강단에 선 선생님을 보면서 나는 눈이 부셨다. '입에서 나오는 한국말이 어찌 저리 화려할 수 있을까?'

나는 선생님 앞에서 언제나 두려웠다. 당신의 빼어남이 타고난 것이 아니라 '노력'이었음을 은연중에 강조, 또 강조하셨다. 대학원 시절에도 엄청나게 야단을 많이 맞았다. 선생님이 나에게 처음으로 미소를 지으신 것은 석사논문을 제출한 다음이었다.

"잘 썼다."

나는 이 한 말씀을 듣고 집으로 돌아오는 버스 안에서 진짜로 눈물을 흘렸다.

이민을 온 이후 선생님께 편지를 드리면 장문의 답장을 보내주신다. 나는 그 편지글을 읽을 때마다 마음이 오히려 울적해진다. 내용이 너무나 푸근하기 때문이다. 우리 선생님의 젊을 적 모습이 아닌 것이다.

12월이면 선생님께서는 모교 달력을 열두 장짜리 연하장이라며 캐나다까지 보내주신다. 해마다 보내오시니 벌써 네번째이다. 달력 봉투에 적힌 동글동글한 선생님의 달필을 나는 손가락으로 하나하나 짚어보았다.

다음은 가장 최근 나에게 보내신 선생님의 긴 편지이다.

Tue, 14 Dec 2004 06:56:10

우제에게

해가 저물려는 모양이다. 네게서 오래 적조했던 소식이 오는 것을 보니, 너무나 반가웠다. 말은 안했지만 늘 속으로 걱정되었다. 식솔을 다 끌고 가서 너무 고생하면 어쩌나 하고.

그러지 않아도 학교의 새 달력이 나와서 네 주소를 찾아봐야겠다 하고 있었다. 생각난 김에 잊었던 네 정확한 주소를 메일로 다시 한번 더 보내다오.

그래야 네 목(글)소리를 한번 더 듣지.

첫새벽에 깨어 메일 통을 열었다가 네 메일을 읽고 웬일인지 눈물이 핑 돌려고 했다.

가족을 끌고 먼 나라로 뿌리째 옮겨간 네 고단한 삶이 화르륵 불길같이 타오르면서 한순간에 다 보이는 것만 같았다. 가게를 하다가 팔고 또 다른 일을 배운다니 그 결단의 힘이 놀랍다.

잘했다. 그것도 밑지지 않고 팔고 전보다 좀 덜 고단한 일을 배운다니 얼마나 다행이냐.

어쨌든 용하다. 그 모든 일을 척척 잘해내고 있으니. 새로운 일 열심히 배워서 좀 덜 피로하고도 먹고사는 일이 잘되었으면 한다.

이제 나도 1년 반이면 퇴직이야. 다음 학기 강의 계획표를 인터넷에 올리면서 내년 1학기가 학부 강의의 마지막이라고 썼어. 퇴직 전 1년간은 한 강좌만 하면 되니까 대학원 강의밖에 안하게 돼. 그러니 내년 1학기가 학부생을 상대로 하는 마지막이지. 그래서 30여 년 드나든 학교 교정을 요즘은 훨씬 더 많이 산책하고 있어.…(중략)…

우제, 부디 건강에 조심하고 아이와 어머니 온 집안이 화목하게 열심히 살기 바란다. 진심으로 네가 '성공' 하기를 빌고 있다. 또 그렇게 될 것을 굳게 믿는다. 나는 너를 아니까.

종종 연락하자.

주소 적어줘. 달력을 보내야 하니까.

너를 그리워하는

김화영

■■■■

강성욱 선생님

선생님은 대학 및 대학원 은사이시다. 학교와 불문학계 바깥에는 거의 알려져 있지 않지만, 남이 알아주건 말건 나는 선생님의 제자 가운데 한 사람이었다는 사실 하나만으로도 복이 많다고 생각한다. 선생님에 대해 지난해 어느 인터넷 사이트에 내가 쓴 글이 있다. 그 글을 이 지면에 옮기면서 선생님께 새삼 감사의 인사를 드리려 한다.

> 1990년대 중반 강단을 떠나신 선생님은, 불문학계 바깥에는 거의 알려져 있지 않다. 문과대 건물 1층의 가장 후미진 곳에 은거하다시피 하면서 평생 공부만 해오신 분이다.
>
> 책이라고는 거의 펴낸 적이 없지만 수십 권의 책을 펴낸 다른 불문학자들이 찾아와 머리를 조아린다. 카뮈 연구의 일인자인 김화영 교수가 박사논문을 책으로 출판하면서 강성욱 선생님께 미리 검토를 해달라고 부탁한 적이 있다. 한국 문단과 불문학계에서 명성을 날리는 '천하의 김화영 선생'은 이렇게 말했다.
>
> "강선생은 귀신이야, 귀신. 어쩌면 대충 넘어간 부분, 알쏭달쏭했던 부분을 저렇게 귀신같이 잘 찍어내냐?"
>
> 강선생과 관련된 일화를 어찌 글 몇 줄로 다 풀어놓을 수 있으랴. 그 가운

데 한 가지만 소개하자면, 선생님께서 제자들에게 늘 말씀하신 것.

"공부는 따지는 것이다. 따져보거라."

선생님은 제자들과 함께하는 술자리를 즐기셨다. 술자리가 파할 무렵이면 언제나 이렇게 말씀하셨다.

"집에 가서 샤워한 뒤 책 보고 자거라."

우리는 선생님의 높은 학문 세계를 높이 떠받들었으며, 스승으로서의 품격을 한없이 존경하고 좋아했다. 특히 76학번과 79학번 선배들은 자기네들끼리 만날 때 1년에 두어 번씩 강선생을 '모셨다.'

제자들과 술잔을 기울이면서 "공부하려거든 제대로 하거라"라고 끊임없이 세뇌시키신 분.

원고지 열 장 분량의 숙제를 내주고는 단 한 줄만 넘쳐도 가차 없이 점수를 깎고, 학문하는 자세가 얼마나 엄격해야 하는지를 일러주신 분.

제자를 어떻게 사랑해야 하는지를 후배 교수들에게 몸소 보여주신 분.

대학이 어떤 큰 의미가 있는지를 깊은 학문과 제자 사랑으로 보여주신 분.

나는 강성욱 선생님을 만났다는 것만으로도 우리 대학을 사랑한다.

1989년 봄 설익은 석사논문 초고를 들고 갔더니, 선생님은 지도교수가 아닌 심사위원이시면서도, 내 논문의 주제가 된 작가의 작품을 다 읽고 기다리셨다. 논문을 쓴 제자보다 전공 작가의 작품을 더 많이 읽으셨다. 그러고는 이렇게 말씀하셨다.

"이번에 네 덕분에 앙드레 지드 작품을 20년 만에 보게 되었구나."

소름이 돋았다. 석사논문에 대부분의 지도교수와 심사위원들이 그냥 도

장만 눌러주는 것이 한국 대학의 현실이다. 그러나 우리 대학의 강선생님은 달랐다. 저 어른이 계시니 엄격한 학풍이 만들어졌다.

저 엄격한 학풍을 받들고 열심히 공부한 1년 선배, 본교에 교수로 가 있는 그 선배가 안식년을 맞아 몬트리올 맥길 대학에 잠시 들렀다며 토론토로 전화를 해왔다. 나의 첫 질문은 이것이었다.

"강선생님 잘 계세요? 술도 여전하시고?"

졸업한 지 벌써 십수년을 헤아리는 지금까지도 이렇게 물어보는 것은 우리 과 출신들 사이에서는 너무나 당연하고 자연스럽다. 나는 재능이 없어 중도에서 포기하고 말았지만 나의 동기와 선후배들은 한국에서든 프랑스에서든 프랑스 중세 문학을 열심히 파고 있다. 중세로 올라가지 않으면 프랑스 문학 연구의 토대가 만들어지지 않는다는 강선생의 지론 때문에 저들은 목숨을 걸고 공부에 매진하고 있다.

한국에서 프랑스 중세 문학을 저렇게 깊고 광범위하게 연구하는 곳은 우리 대학밖에 없다.

■■■

강홍석 선생님

경상북도 상주 출신인 나는 초등학교 4학년 때 서울로 전학을 왔다. 최근 대구에 사는 죽마고우가 이 먼 곳으로 전화를 해왔다. 초등학교 동창

홈페이지가 만들어졌으니 들어오라는 내용이었다.

나는 홈페이지에 들어가 2박3일 동안 글을 썼다. 나의 유년 시절은 그것으로 끝이었기 때문에, 저 황금기가 너무나 생생하게 기억이 났다. 고등학교에서 국어 교사를 하고 있는 한 동창이 "성우제, 넌 정말 못 말릴 친구다. 하여튼 기억의 바다 저 깊은 곳에서 온갖 사연을 다 들춰내는 네 경지에 거듭 경의를……"이라고 말했을 정도이다.

내가 이런 '경의'를 받을 수 있는 것은 초등학교 4학년 담임이셨던 강홍석 선생님 덕분이다. 선생님 때문에 나는 나의 유년 시절을 아름답게 추억할 수 있다.

다음은 내가 초등학교 동창회 홈페이지에 쓴 강홍석 선생님에 대한 글이다.

번호: 180 글쓴이: 성우제
조회: 42 날짜: 2005/01/05 15:14

내가 상영 '초딩' 시절에 대해, 남들보다 유별나게 기억을 세세하게 하고 있는 까닭은 간단합니다. 지난번 글에서 그 이유를 잠깐 밝힌 적이 있지요. 다름 아니라 상영초딩에 대한 나의 기억은, 말 그대로 '꿈결 같은 시절'이었다 이겁니다. 달리 말하자면, 나는 상영초딩 이후 그 어디에서도 이른바 전인교육이라는 걸 받은 적이 없습니다. 그 이후에는 만날 촌지다, 과외다, 학원이다, 입시다 하고 쓸데없이 시끌벅적한 학교에서만 지냈다는 말입니다.

어디 나만 그랬겠습니까만, 나는 서울로 전학 오고 나서 그 충격이 너무나 컸습니다. 지금 생각하면 아무것도 아닌 서울 변두리놈들이 촌에서 왔다고 사람 무시하는데, 요즘말로 정말 돌아버리겠습니다.

오죽하면 이런 일이 있었겠습니까.

대학 4학년 때 집에서 가까운 어느 대학 도서관으로 형 학생증을 빌려 더위를 피해 갔는데―그 학교 도서관은 에어컨 시설이 빵빵해서―흡연실에서 서울의 초딩 동창을 만났답니다. 대학 4학년이면 졸업한 지 10년 가까이 되는데 얼굴이 그대로더군요. 이름도 바로 떠올랐고……

그런데, 모른 척했습니다. 더불어 말을 나누기가 싫었습니다.

자라서도 여전히 뺀질거리는 그 녀석은, 어릴 적에도 담임선생한테 과외 받고, 칭찬 받고, 임원하던 치맛바람의 대표선수였습니다. 지금도 아마 뺀질거리고 있을 겁니다.

상영초딩이 어떻게 전인교육을 시켰는가.

나는 축구부, 밴드부, 무슨 부, 무슨 부를 한 데서도 이유를 찾지만 강홍석 선생님 같은 전문가 집단이 우리의 선생님이었다는 데서 그 이유를 발견합니다. 지금 생각하면 강홍석 선생님은 대단했습니다. 물론 밴드부를 지도했던 주중웅 선생도, 여자 배구를 경북 최강으로 만든 한익수 선생도, 체조부를 이끌어 나와 경호 같은 '얼빵한' 아이들 혼이 빠지게 만든 미모의 여선생, 또 김종상, 하청수 선생도…… 김종상 선생은, 나중에 알고 보니, 서울 유석초등학교라는 사립 명문에 스카우트되었을 뿐만 아니라 동시 작가로서 명성을 크게 떨쳤지요. 선생님의 동시가 영어로도 번역된 걸로 압니다. 하청수 선생 또한 그 못지않았던 걸로 기억합니다. 또 도서실을 운영했던 소두칠 선생도 기억에 많이 남습니다. 내가 기억을 해내지 못해서 그렇지, 분명히 또 있을 겁니다.

또 말이 길어집니다만, 강홍석 선생님은 내게 각별한 분이었습니다.

전학을 한 뒤, 단 한번도 연락드리거나 뵙지는 못했으나, 나는 지금 이때까지 선생님의 성함을 잊은 적이 없습니다. 왜 그런가? 스승다운 스승이었기 때문입니다.

아버지처럼 엄한 한편 또 자상했습니다. 학생들로 하여금 당당함이 뭔지 알게 했습니다. 그때, 우리는 무슨 짓을 하다 들키면 그저 도망치기 일쑤였습니다만, 선생님을 뵙고부터는 들켜도 도망가지 않았습니다. 그러다 정말 '뒤지게' 얻어맞은 적이 한두 번이 아니지만서도……

나에게 바이올린을 가르치신 주중웅 선생이 음악 전문 교사였다면, 강홍석 선생은 미술 전문 교사였던 듯합니다. 우리 반은, 모두가 그림을 잘 그려서, 자기가 그린 그림을 앞에 내놓고 품평회까지 했습니다. 품평회에는 모두가 참여하여, 그림이 이렇다 저렇다 한마디씩 의견을 내기도 했습니다. 반 전체 아이들을 화가로 만들고, 또 빼어난 비평가로 만든 셈이지요. 비평가가 별겁니까? 그림 보고 자기 생각 분명하게 말하면 비평가아니겠습니까?

어느 날 우리 반은 다른 선생님들을 모셔다놓고 그림 품평회를 연 적이 있습니다. 나는 예쁜 선생님들이 들어와서 아주 신이 났습니다. 성창희

선생님을 기억합니까? 미모로 따지면 수위를 다투었지요. 그런 분들 앞에서 우리가 그린 그림을 두고 역시 자기 의견을 말하는 시간이었습니다. 미모에 약한 저는 맨 먼저 손을 번쩍 들었지요.

"선상님요, 저 송아지가 새끼 밴 거 같심니더."

순간 선생님들이 계시던 교실 뒤가 아수라장이 되었습니다. 웃음이 폭포처럼 터져나와 그칠 줄을 몰랐던 겁니다. 처음에 나는 그 이유를 몰랐다가, 내 짝이 쿡쿡 찔러 알려주어서야 알았습니다.

"야 임마, 송아지가 새끼를 우째 배나?"

나는 소의 배가 너무 처져 있다는 것을 말한 것이었는데 얼떨결에 '송아지'라는 말이 나온 모양입니다. 나에게는 아주 기가 막힌 추억입니다. 아이들에게 이런 추억을 만들어주는 선생님이 그리 흔치는 않을 겁니다. 내 기억력이 비상하다고들 하지만, 그게 아닙니다. 내게는 상영초딩이 바로 마르지 않는 기억의 샘이기 때문입니다.

기자로 일하면서 문화부에서 미술 담당을 오랫동안 했습니다. 국내외에서 유명하다는 화가를 만나고, 교수를 만나고, 평론가를 누구보다 많이 만났습니다. 그러나, 정말입니다, 나는 한국 미술판에서 강홍석 선생님처럼 감동을 주는 작가 및 미술 선생을 단 한 명도 만나지 못했습니다.

'롬'에서 빛난 한국의 긍지

캐나다 토론토를 찾는 한국인이라면 반드시 들러야 할 곳이 하나 있다. 토론토 중심부 퀸즈파크에 자리잡고 있는 온타리오 왕립박물관(Royal Ontario Museum). 이곳 사람들은 이 박물관을 '롬(ROM)'이라는 애칭으로 줄여서 부른다. 한국 사람들이 1914년 문을 연 이 캐나다의 대표 박물관을 각별하게 아껴야 할 이유가 있다. 다름 아닌 한국관(The Gallery of Korean Art) 때문이다.

세계 3대 박물관으로 꼽히는 대영박물관(런던)이나 메트로폴리탄 박물관(뉴욕)에도 한국관이 없는 것은 아니다. 그러나 두 박물관의 한국관은 한국 기업과 문화계로부터 후원을 듬뿍 받았고, 바로 그 때문에 한국에도 널리 알려져 있다. 이에 비하면 ROM의 한국관은 모든 면에서 소박하다. 컬렉션도 8백 점에 불과하며 질적 수준도 두 박물관에 비할 바가 못 된다.

캐나다 최대의 미술관으로, 캐나다의 자랑거리인 온타리오 왕립박물관(ROM). '르네상스 ROM' 프로젝트에 따라 최근 새로운 면모로 재탄생했다. 오른쪽 유리 부분이 새로 지어진 전시장이다.

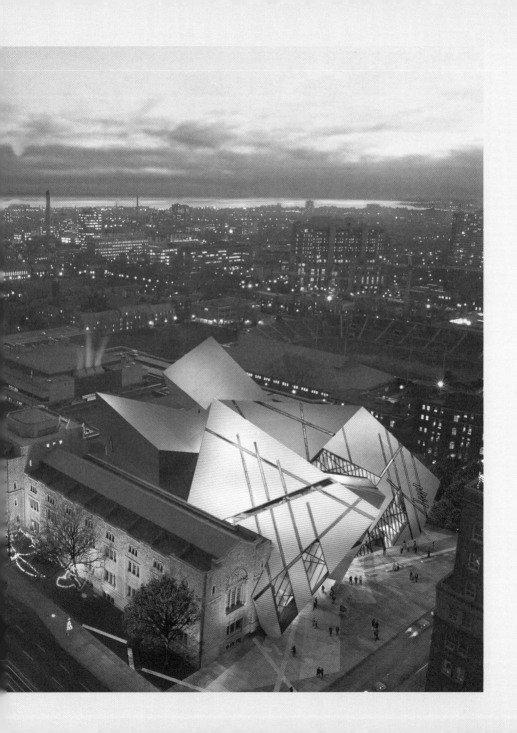

하지만 한국관에 쏟는 박물관의 애정과 관심에 관한 한 ROM은 최고를 자랑한다. 그 이유는 두 가지이다.

먼저, 박물관 자체가 지닌 경쟁력을 들 수 있다. 컬렉션에서는 뒤떨어지지만 ROM이 세계 유명 박물관과 어깨를 나란히 하는 까닭은 압도적으로 뛰어난 '전시 디자인' 능력 때문이다. 한국관 또한 비록 전시물은 질박하지만 빼어난 디스플레이에 힘입어 한국 고유의 아름다움을 유감없이 드러내고 있다.

그다음 이유는, 한국관의 탄생 배경이다. 토론토 또한 민족·인종 전시장으로 꼽히지만 뉴욕과 다른 점은 각 민족이 서로의 문화를 존중하며 공존한다는 것이다. 한국관은 이같은 분위기 속에서 1999년 탄생했다. 1984년 토론토 교민들이 결성한 한국문화진흥협회가 ROM을 상대로 줄기차게 로비를 벌였고, 한국국제교류재단(Korea Foundation)은 외국 박물관에 대해서는 처음으로 기부금(70만 캐나다달러, 약 6억 원)을 내놓았다. ROM은 바로 이 점을 큰 자랑거리로 내세우고 있다.

게다가 ROM은 토론토에 살고 있는 노라 해리스(92세)라는 한국 도자기 수집가를 만나는 행운을 누렸다. 유럽과 북미 지역에서 40년 가까이 한국 전통 도자기를 수집해온 해리스 여사는 1980년대 말부터 이곳에 '자식'들을 하나씩 출가시키기 시작해, 2003년 2월에 수집품을 한 점도 빠짐없이 모두 넘겼다. 그중에는 고려청자와 조선백자 등 빼어난 명품이 다수 포함되어 있다. 해리스 여사는 이국 경매장에서 이리저리 떠돌던 한국 명품들을 이곳에 모아놓은 '한국 도자기의 수호신' 가운데 한 사람인 것이다.

ROM은 몇 년간에 걸친 대대적인 공사를 벌이고 있다. '르네상스 ROM' 프로젝트에 따라 한국관도 2004년 1월 문을 닫은 뒤 자리를 옮겨 2005년 12월 26일 새롭게 문을 열었다. 중국관, 일본관과 함께 동아시아 갤러리를 구성하고 있는데 3개국 문화가 한 공간 안에서 아름답게 조화를 이루고 있다. 다른 두 나라 전시장에 비해 규모가 작고 컬렉션이 떨어지는 것이 흠이기는 하지만 한국관은 구한말 화가 기산 김준근의 회화 작품으로 빛을 발하고 있다.

온타리오 왕립박물관 동아시아 담당 학예연구원인 클라스 루덴비크 박사는 "세 나라 전시관을 나란히 배치한 것은 서로 간의 영향을 확인케 하고 시너지 효과를 가져오게 하기 위한 것"이라고 설명했다. 그는 한국관을 위해 지금 가장 필요한 것이 무엇이냐는 질문에 유물이나 돈을 언급하지 않았다. 다만 이렇게 말했을 뿐이다. "한국인들의 사랑."

되찾은 보물 '김준근'

작품들을 보는 순간 눈이 번쩍 뜨였다. 한 점, 한 점, 그림에서 에너지가 넘쳐났다. 언제부터인가 좋은 그림을 만날 때마다 느꼈던 강렬한 에너지. 내가 그 그림들을 처음 만난 곳은 온타리오 왕립박물관에서였다.

유홍준 씨는 "아는 만큼 보인다"고 했지만 나는 예술 작품에 관한 한 '아는 것'보다 '느끼는 것'이 더 중요하다고 믿고 있다. 음악이든, 미술이든, 문학이든, 영화든 속된 말로 '필'이 팍 하고 꽂히면 예술성이 뛰어난 작품이라고 여기는 것이다.

시대를 초월해 감동을 주는 예술은, 그 예술에 대한 지식의 많고 적음을 떠나, 바로 그 자체로 사람의 마음을 움직인다고 나는 믿고 있다. 바로 그 힘 때문에 "인생은 짧고 예술은 길다"는 예술의 영원성에 관한 말이 생겨난 것이 아닐까 싶다.

그런 점에서, ROM에서 저 그림들을 만났다는 것 자체가 나에게는 일종의 행운이었다. 작품의 제작 배경도, 화가의 이름도 베일에 싸인 채, 머나먼 외국의 한 미술관 수장고에서 강렬한 에너지를 내뿜는 우리의 먼지묻은 옛 그림. 이같은 그림을 만난다는 것은 누구나에게 일어나는 흔한 사건은 아닐 터이다. 저 행운은 나에게 이렇게 찾아왔다.

2003년 나는 토론토 한인 동포 신문인 A일보에서 5개월간 기자로 일한 적이 있다. 서울에서 이미 십수년 동안 기자 생활을 했던 터여서 '동네 신문' 수준인 동포 신문에 발을 들여놓기가 쉽지는 않았다. 다만 토론토 한인 사회를 가장 쉽고 빠르게 알 수 있는 지름길이라는 판단에서 입사를 하게 되었다.

A신문사에서 근무한 지 한 달쯤 지났을 때, ROM에서 토론토 한인 사회의 두 신문사 기자를 만나자고 연락을 해왔다. 2005년 12월에 재개관할 예정인 한국관에 대해 설명을 하겠다는 것이었다. 그 직전 B신문사가 ROM이 한국관을 이전한다는 사실에 대해 맹렬하게 비난한 기사를 게재한 적이 있어서, 거기에 대해 ROM 측이 해명을 하기 위해 마련한 자리가 아닐까 하고 생각했었다. 내가 보기에도 B신문사의 일방적인 기사는 다소 문제가 있었다.

이른바 기자 간담회를 주선한 곳은 캐나다 동부 지역의 한인 예술애호가 단체인 한국문화진흥협회였다. 1999년 ROM에 한국관이 들어서게 하는 데 큰 역할을 했던 이 단체로서는 한국관의 재개관을 둘러싸고 토론토 한인(신문)들과 ROM 사이에서 자칫 빚어질지도 모를 오해를 풀고 싶었을 것이다. 얼떨결에 이 자리에 불려 갔지만, 나는 사실 큰 기대를 걸고 ROM에 들어갔다.

한국에서 만 13년을 기자로 일하는 동안 나는 문화예술, 그 가운데서도 미술 분야에 관한 기사를 10년 가까이 써왔다. 한국의 미술관과 화랑뿐만 아니라 세계 각처를 무대로 부지런히 다리품을 판 덕에, 미술에 대해 애정이 쌓였고 보는 재미까지 누리던 터였다. 게다가 미술 작품을 많이 보아온 까닭에, 그림을 보는 나름의 눈이 생겼다고 속으로 은근히 자부하고 있었다. 그림을 많이 보고 느끼는 것만큼 큰 공부가 없다는 확신이 있었고, 그 확신은 어느 순간부터 미술에 대한 애정과 자신감으로 변했다.

나는 ROM에서 연구하는 학예연구원(큐레이터)을 꼭 한번 만나보고 싶었다. 인구 3천 명도 안 되는 '촌동네'에도 박물관과 미술관이 있고, 사소한 물건이라도 의미가 있다 싶으면 빼어난 전시물로 만들어내는 나라가 캐나다이다. 1914년에 문을 연 ROM은 바로 그 캐나다 미술관의 최고봉이기 때문이다.

유럽의 여러 국가와 미국에 비해 컬렉션이 빈약한 캐나다는 바로 그 콤플렉스를 극복하기 위해 전시 기획 분야에서 오랜 세월 실력을 연마해왔고, 지금은 그 분야에 관한 한 세계 최정상급으로 꼽히고 있다.

이같은 사실을 내게 알려준 이는 한국에서 활동 중인 미술사가 김정화 씨였다. 한국에서 크고 작은 전시회를 기획해 호평을 받고 있는 김씨는 캐나다로 이민을 간다는 나에게 캐나다 미술관들의 특성을 설명한 적이 있다.

"성우제 씨, 캐나다에 가면 미술관의 큐레이터십을 눈여겨보세요. 내 생각에 전시 능력은 세계 최고가 아닐까 싶네요. 디스플레이가 뛰어나요. ROM의 한국관도 빈약한 유물을 가지고 어찌나 전시를 잘 해놓았던지 정말 감탄했어요."

프랑스 파리 루브르박물관학교에서 미술사를 전공하고 '운보 김기창 대회고전' '고대 이집트 문명전' 등에서 탁월한 큐레이터십을 발휘했던 김정화 씨의 이같은 평가는 과연 믿을 만했다. 나 또한 2001년 1월 뉴욕에 가던 길에 잠시 들렀던 ROM에서 어렴풋하게나마 그와 비슷한 느낌을 받았다.

캐나다 웨스턴온타리오 대학 경제학과에 재직 중인 한재동 교수가 ROM 입구에서 초조하게 나를 기다리고 있었다.

"늦어서 죄송합니다. 기사를 넘기고 오느라고 늦었습니다."

"성기자에 대해 말씀 들었습니다. 반갑습니다. 어서 들어갑시다."

한교수는 전공은 경제학이지만 예술에 대한 식견과 애정이 여느 전문가 못지않은 애호가였다. 그는 토론토 한국문화진흥협회 회장을 맡고 있었다.

미술관의 연구실, 유물보관실로 들어가는 절차는 대단히 까다로웠다.

우리를 초청한 사람이 직접 내려와 일일이 확인을 해주고 사인까지 해야 했다. 방문자 또한 주소와 방문 목적을 꼼꼼하게 적어야 입장이 가능했다. 신문사와 기자 이름만 대충 적어도 어렵지 않게 출입하는 한국 방식에 익숙해 있던 나에게, 디엠제트(DMZ)를 방불케 하는 철두철미한 검문검색은 그 자체로 대단히 인상적이었다.

그 복잡한 절차를 거치며 기자 두 명과 한재동 교수를 일일이 안내한 이는 놀랍게도 ROM의 동아시아 담당 수석 학예연구원인 클라스 루덴비크 박사였다. 두터운 검정색 뿔테 안경을 낀 루덴비크 박사는 전형적인 학자 스타일이었다.

"반갑습니다. 저는 중국 건축사를 전공했습니다만 한국 전통 미술에 대해서도 관심이 많습니다. 오늘 이 자리를 마련한 까닭은 재개관되는 한국관에 대해 자세하게 말씀드리기 위해서입니다."

루덴비크는 명확한 발음으로 또박또박 설명해나갔다.

ROM은 지금 '르네상스 ROM'이라는 프로젝트에 따라 대대적인 공사를 진행 중이며, 한국관은 2004년 1월에 일단 문을 닫은 뒤 다음해 12월 중국관, 일본관과 더불어 동아시아 갤러리를 구성하게 되리라는 얘기였다.

그는 바로 이 대목에 대해 세심하게 설명했다. 따로 떨어져 있던 한국관이 중국관 및 일본관과 한자리에 있게 되지만, 3개국 문화의 다름과 차이를 드러낼 뿐만 아니라 서로 밀접한 연관을 맺고 있다는 사실을 증명해 보이겠다는 것이다.

"세 나라 전시관은 시너지 효과를 불러일으킬 것입니다. 한국관이 어떤 모습으로 재탄생할지 기대하셔도 좋습니다."

루덴비크 박사는 B신문의 비판에 대해 신경을 많이 쓰는 듯했으나, 말 자체에는 자신감이 넘쳤다.

나는 그 자신감이 어디에서 연유하는지 금방 알게 되었다. 토론토에 살고 있는 노라 해리스라는 한국 도자기 수집가가 수십 점의 한국 전통 도자기를 내놓았다는 것이다. 거기에는 해리스 여사가 크리스티 경매장 등에서 구입한 고려청자, 조선백자 등의 명품도 포함되어 있었다.

해리스 여사는 1980년부터 한두 점씩 ROM에 기증을 했는데, 그 기증은 2003년 2월에 모두 끝났다. 해리스 여사가 자식처럼 사랑해온 한국 전통 도자기를 미술관에 모두 '출가' 시켰다는 사실은 가슴을 뿌듯하게 하는 뉴스였다. 후손에게 넘겨졌을 때 자칫하면 이리저리 흩어질지도 모를 우리의 전통 도자기가 ROM에 고스란히 전달되었다는 사실은 분명 뉴스였다.

하지만 내 눈에는 그보다 더 큰 뉴스거리가 어른거렸다. 다름 아닌 '작가 미상'이라는 이상한 화첩이었다. 16절지 절반 정도 크기의 그림 스물여덟 장은 윗부분이 나무 막대기 두 개로 묶여 있었다. 그러니까 예전 한국의 기업이나 군대, 학교에서 발표를 할 때 사용하는 괘도(掛圖) 스타일이었다.

그 묶음이야 보잘것없었으나 그림을 한 장, 두 장 넘겨보는 사이에 '어, 이거 대단하네?' 하는 느낌이 들기 시작했다. 컬러로 이루어진 색상은 화

쟁기질하는 농부. 온타리오 왕립박물관에서 발굴된 기산 김준근의 작품. 구한말 한반도의 일상생활을 마치 사진처럼 보여주고 있다.

　■■
　설날, 연 날리는 소년들. 온타리오 왕립박물관에서 발굴된 기산 작품 중 하나다. 그림의 아랫부분에 "조선 사람들은 평소에는 흰옷을 입지만 설날에는 색깔이 들어간 옷을 입는다"는 설명이 연필로 적혀 있다.

려했다. 구도 또한 거의 완벽하게 잡혀 있었다. 그림 자체가 품격을 유지하고 있었다. 교육용으로 사용한 그림첩이지만 아마추어의 그림이 아니었다. 프로페셔널 화가의 냄새가 확 풍겼다.

무엇보다 흥미로운 것은 그림의 내용이었다. 회초리로 돼지를 몰아 시장으로 가는 여인의 모습, 밭을 가는 농부, 연 날리는 어린아이, 제사 지내는 양반, 어디론가 호송되는 죄수 등 조선 말기쯤으로 보이는 시대 풍경이 살아 움직이듯 생생하게 묘사되어 있었다. 한반도 지도가 그려져 있고, 성서 구절도 적혀 있었다. 이러한 것들로 미루어보건대, 이 그림은 서양 선교사들이 한국에 들어와 활동을 시작한 1880년대 이후의 것이 확실했다.

루덴비크 박사는 빙긋 웃으며 이 그림에 대한 소개를 짧게 했다.

"몇 년 전 토론토의 한 미술애호가가 우리 미술관에 기증한 작품입니다. 누가 그린 그림인지에 대해서는 좀더 연구해보아야겠습니다."

토론토대 대학원에서 동양미술사를 전공하는 학생으로서, 루덴비크 박사의 임시 조수로 일하던 한희연 씨는 "지금 자료를 찾고 있다"고 했다.

그림첩의 내용은 물론 작품의 예술성 또한 새롭고 뛰어난 것이어서 ROM에서 본 작가 미상의 그림들은 내 머릿속에서 쉽게 지워지지 않았다. 내가 근무하던 신문사에는 ROM이 한국관을 동아시아관에 편입시켜 새롭게 단장한다는 요지의 기사를 쓰고, 한국에도 내가 일하던 매체에 ROM의 한국관을 소개하는 기사를 사진과 더불어 송고했다. 캐나다 토론토에 오는 한국 사람들은 반드시 ROM에 들러 한국관을 감상하라는 내용이었다.

그로부터 3개월여가 지난 2003년 9월 나는 인터넷 포털 사이트 '야후' 를 열었다가 손톱보다 작은 크기의 그림을 우연히 보게 되었다. 뉴스 코너에 사진이 작게 올랐는데, 형태가 분명치는 않았으나 분명 눈에 익은 그림이었다.

그림은 한국 '연합뉴스'에서 올린 기사의 일부였다. 국립민속박물관에서 '기산 김준근 모사(模寫)전'을 열고 있다는 내용과 함께 올라온 도판이었다. 저 작은 그림을 보면서 순간적으로 몸에 소름이 돋았다.

'ROM에서 본 그림과 똑같다.'

인터넷으로 국립민속박물관을 찾아 들어갔다. 거기서 확인한 내용은, 기산 김준근이라는 구한말 화가의 작품을 프랑스 기메 국립미술관에서 모사해 전시회를 연다는 것이었다. 나는 국립민속박물관 홈페이지 게시판에 짤막하게 글을 올렸다.

'기산 김준근 모사전' 담당 학예연구원께

저는 캐나다 토론토에 사는 성우제라고 합니다. 최근 인터넷을 통해 국립민속박물관에서 열리는 전시 내용을 일부 보았습니다. 캐나다 최대 미술관인 ROM에서 최근 작가 미상의 빼어난 그림을 본 적이 있는데, 지금 귀하께서 담당하고 있는 전시회 그림과 흡사합니다. 대단히 어려운 부탁이지만, 팸플릿과 도록 등의 자료를 보내주실 수 있겠습니까? 그것들을 통해 ROM에 있는 작품의 주인공을 찾을 수 있을 것 같습니다. 꼭 부탁합니다.

며칠 후 이메일을 통해 답장이 날아왔다.

홈페이지에 올린 글 잘 읽었습니다. 추석 휴가 때문에 답신이 다소 늦어 졌습니다만, 관련 자료를 챙겨 가장 빠른 우편으로 보냈으니 금방 도착 할 겁니다. 기산의 새로운 작품이 발견되었다니 저도 무척 흥분됩니다.

국립민속박물관 학예연구원 이태희

이태희 연구원이 생면부지의 사람에게 '거금'을 들여 가장 빠른 우편으로 발송한 덕분에 나는 이메일을 받은 지 사흘 만에 자료를 받아볼 수 있 었다.

예상했던 대로 팸플릿과 시디에 담겨 있는 그림은 ROM에서 본 그림과 거의 똑같았다. 다만 크기가 달랐다. 국립민속박물관 전시물의 원본인 파리 기메 국립박물관의 원화 크기는 A4용지보다 작은 가로 15센티미터, 세로 20센티미터로 ROM의 것(가로 71센티미터, 세로 123센티미터)에 비교할 수 없을 만큼 작았다.

이태희 연구원이 보내준 자료들을 살펴보면서 나는 점점 더 흥분 상태에 빠져들어갔다. 기자로서 남이 알아주든 말든 특종을 잡은데다, 한국 사람으로서 ROM에 대해 위신을 세울 수 있는 기회를 얻었기 때문이다. 토론토 한인들이 ROM 한국관에 대해 딴지만 거는 존재가 아니라, 뚜렷한 역할을 한다는 사실을 이번 기회를 통해 과시하고 싶었다.

나는 한재동 교수에게 바로 전화를 걸었다.

"ROM에 함께 가주시면 좋겠습니다. ROM에 있는 작가 미상의 그림이 누구의 것인지를 한국문화진흥협회에서 알아냈다고 하시면 앞으로 ROM에 대해 목소리를 확실하게 낼 수 있을 겁니다. 회장님은 앞으로 ROM과 계속 접촉을 해야 할 테니 한국문화진흥협회에서 찾아냈다고 하는 편이 훨씬 나을 듯싶습니다. ROM이 보유한 우리 옛 그림의 정체를 다름 아닌 우리가 밝혀냈다는 것이 중요하지 않겠습니까?"

한재동 교수도 나 못지않게 흥분한 목소리였다.

"지금 루덴비크 박사에게 바로 전화하겠습니다. 내일 당장 갑시다."

이튿날 오후 우리는 ROM의 학예연구실에서 루덴비크 박사와 그의 조수 한희연 씨를 만났다. 내가 먼저 말문을 열었다. 흥분을 감추기 위해 목소리를 일부러 낮췄다.

"지난번에 보여주신 그 작가 미상의 그림 있잖습니까. 그 작품을 그린 화가 이름을 알아냈습니다."

루덴비크 박사가 바로 말을 받았다.

"기산 김준근이지요?"

나는 갑자기 맥이 탁 풀렸다.

그러나 한편으로는 대단히 기뻤다. "우리가 화가를 찾아냈노라" 하면서 자랑할 기회를 놓쳤다는 점이 분명 아쉽기는 했지만, 서로 의견이 일치한다는 사실을 확인한 것만으로도 날아갈 듯한 기분이었다. 한재동 교수의 얼굴에도 웃음이 가득했다. 하기야 ROM에 으스대는 게 무슨 대수랴. 기쁨은 순간 놀라움으로 변했다.

나는 국립민속박물관에서 온 자료를 주섬주섬 꺼내며 말을 이어나갔다.

"어떻게 확인하셨는지 여쭤봐도 될까요? 저는 서울에서 보내온 이 전시 자료를 통해서 알았습니다만……"

루덴비크 박사는 내가 내놓은 자료를 살펴본 뒤 벌떡 일어서더니 따라오라고 했다. 그가 우리를 데려간 곳은 서가 수십 개가 촘촘하게 서 있는 자료실이었다.

"한희연 씨, 관련 서적들을 좀 가지고 오세요."

한씨는 서가 한쪽에서 두터운 책들을 쑥쑥 빼더니 한아름 안고 왔다. 그 책들을 보면서 나와 한재동 교수는 그만 입을 벌리고 말았다. 우리에게는 거의 알려지지 않은 화가이지만 기산 김준근은 서양에서 가장 널리 알려진 조선시대 화가였던 것이다.

나는 가방에서 디지털 카메라를 꺼내어 정신없이 셔터를 눌렀다. 연구서 자체는 물론 연구서 안에 들어 있는 컬러 도판들까지 하나하나가 놀랍고 신기한 것들이었다.

지난번 ROM을 처음 방문했을 때 루덴비크 박사팀은 이 그림의 정체를 틀림없이 알았을 것이라는 느낌이 불현듯 들었다. 특별전을 통해 공개하면서 좀더 '극적인 효과'를 노렸을 터이다.

일찍이 경주에서 만났던 강우방 선생 생각이 났다. 당시 경주국립박물관 관장이었던 강선생은 나에게 이런 말을 해준 적이 있었다.

"미술학자들에게는 전시회가 작품입니다. 전시회를 준비하면서 연구 논문을 쓰고, 그 논문을 구체적으로 실증하는 것이 바로 전시회지요."

ROM의 루덴비크 박사팀 또한 '기산 김준근 특별전'을 열기 전에 '저 작품이 누구 것이다' 하고 군이 밝힐 필요도, 이유도 없었던 셈이다.

"기산의 그림들을 한번 더 볼 수 있겠습니까?"

루덴비크 박사는 고개를 저었다.

"지금은 볼 수 없습니다."

"기사를 작성하려고 하는데, 도판이 필요하거든요."

"이메일 주소를 주시면 내일 아침까지 보내드리지요."

하기야 ROM 측에서도 속된 말로 '김샜다'는 느낌이 들었을지도 모른다. '우리가 기산의 최고 작품을 가지고 있다'고 한국뿐 아니라 세계의 모든 미술관을 향해, 특별전을 통해 자랑하려고 했는데 그 정보가 미리 새나갔기 때문이다.

기사 작성을 위해 자료를 하나하나 챙겨보면서 나는 또 한번 놀라고 말았다. 기산이 구한말의 범상치 않은 화가였을 뿐만 아니라, 아직까지도 그 존재 자체가 베일에 싸인 화가이기 때문이다. 서양과 달리, 정작 기산의 모국인 한국에서는 연구자가 거의 없다시피 했다. 어쩌면 이런 일이 있을 수 있을까 싶을 정도였다.

기산(箕山) 김준근(金俊根)은 생몰연대가 미상이다. 다만 조선이 외국에 문호를 개방한 이후 한국 땅에 들어온 외국인들, 이를테면 외교관, 선교사, 상인 들과 가장 많이 접촉한 화가라는 것 하나는 분명한 사실이다. 그가 활동한 시기는 1890년대를 전후로 10년쯤 되는 것으로 추정하고 있다.

기산이 주로 많이 활동한 곳은 서울을 비롯해 외국인들과 접촉할 수 있는 부산, 원산, 제물포 같은 개항장이었다. 외국인들은 당시 조선의 생활상을 사실적으로 묘사한 기산의 작품을 기념품으로 대량 구매해 갔다. 말하자면 조선의 모습을 사실적으로 묘사한 기산의 그림은 당시 조선을 찾던 외국인들에게 '기념엽서' 구실을 했다고 볼 수 있다. 기산 그림 대부분이 기념엽서 크기라는 것이 이를 증명한다.

자료를 검토하면서 나의 놀라움은 한층 더 커졌다.

우선, 기산이 한국보다는 외국에 훨씬 더 많이 알려진 조선시대 화가라는 사실이다. 나는 한국에서 오랫동안 미술 담당 기자를 했으면서도 부끄럽게도 기산의 존재조차 알지 못했다. 기산은 그만큼 우리에게는 덜 알려진 인물이다.

그러나 외국으로 나가면 사정은 달라진다. 일단 기산의 작품을 소장한 미술관의 면면만 보아도 기산이 서양에서 어떤 대접을 받았는지 어렵지 않게 알 수 있다. 미국 스미스소니언 박물관, 독일 함부르크 박물관, 뮌헨 민속박물관, 동베를린 박물관, 영국 대영박물관, 영국도서관, 프랑스 기메 국립박물관, 덴마크 국립박물관, 네덜란드 라이덴 국립박물관, 오스트리아 빈 민속박물관 등이 기산의 작품을 수백 점씩 보유하고 있다. 한국에서는 숭실대학이 그의 작품 100여 점을 보유하고 있을 뿐이다.

이쯤 되면 기산은 세계적으로 가장 널리 알려진 조선시대 화가요, 현대를 통틀어서도 세계에서 가장 유명한 우리나라 출신의 화가로 꼽힐 만하다. 외국에서 처음으로 개인전을 연 조선시대 화가(1895년 독일 함부르크 민속박물관)라는 점말고도, 기산에 대한 연구서 목록을 일별하면서 나는 거의 경악했다.

프랑스 인류학자 샤를 바라가 쓴 『세계 일주여행지』(1892), 영국 군인 캐번디시의 『한국과 백두산』(1894) 등 19세기 말과 20세기 초반에 쏟아져나온 한국 관련 책자들은 거의 예외 없이 기산의 그림을 사진처럼 싣고 있다.

그뿐 아니다. 안드레아스 에카르트라는 유명한 동양미술학자가 1929년에 펴낸 『한국미술사』에서도 기산의 작품은 중요 항목으로 자리잡고 있으며, 1958년에는 독일의 미술사학자인 하인리히 융커의 『기산, 한국의 옛그림』이라는 단행본이 출판되기도 했다.

한국에서는 조흥윤, 게르노트 프루너가 함께 펴낸 『기산풍속도첩』(1984)과 하인리히 융커의 『기산, 한국의 옛그림』(이영석 옮김, 민속원, 2003) 정도가 나와 있으며, 몇 편의 논문만이 있을 뿐이다. 게다가 한국미술사에서는 "기와 맥이 빠지고 운치가 없어서 풍속화로서의 강한 매력과 호소력을 잃고 있다"(안휘준, 『한국회화의 전통』, 문예출판사, 1997) 정도의 대접을 받고 있다. 외국에서 누리는 명성은 둘째로 치더라도, 구한말 우리나라의 일상 풍경을 기산만큼 정확하고 풍부하게 묘사한 화가가 없다는 점을 감안한다면 푸대접이 아닐 수 없다.

기산은 고상한 화원이나 문인화가가 아니라 외국인들이 주문한 대로 그림을 그려주는 '길거리 화가'였을 것이다. 작품의 질이 천차만별이고, 한국에 기산의 진면목을 확인할 만한 작품이 많지 않다는 데 푸대접의 원인이 있을지도 모른다.

최근 인터넷에서 검색한 글을 통해 기산의 풍속화가 현재 얼마나 큰 역할을 하고 있는지를 확인했다. 고려대 정창권 교수(국문학)가 '조선에서의 장애인 인식'을 주제로 발표한 논문에서는 기산이 그린 시각장애인의 모습이 마치 보도 사진처럼 인용되었다. 조선시대의 생활상을 드러내는 어떤 장면이든 이제는 기산의 그림 목록에서 끄집어내면 될 것이다.

어떤 사람은 "요즘 한창 뜨고 있는 기산 김준근"이라는 표현을 쓰기도 했다. 뜨는 이유는 자명하다. 조선 말기라는 한 시대의 풍속을 기산만큼 사실적으로 정확하게, 또 풍부하게 그린 화가가 없었기 때문이다.

기산의 그림은 외국인들이 찍은 사진과 큰 차이를 드러내고 있다. 외국인들이 기록한 사진에서는 구한말의 풍경이 궁상맞아 보이지만, 기산의 그림은 정반대이다. 가난에 찌든 모습이라기보다는 밝고 활기에 넘치는 풍경이 대부분인 것이다.

이튿날 아침 루덴비크 박사는 약속한 대로 기산의 도판 여섯 점을 이메일로 보내왔다. 나는 그날 바로 기사를 썼다. 1면 톱기사였다.

서당에서 공부하는 장면, 모내기하는 풍경 등을 담은 도판 세 점을 곁들여 '온타리오 왕립박물관이 구한말의 명품을 발견했으며 이 명품으로 한국관 재개관 특별전을 연다'는 내용이었다. 더불어, 발견된 것들이 지금까지 확인된 기산의 작품 가운데 최고라는 점을 강조했다. ROM의 소장품은 우선 크기부터 다른 미술관의 작품을 압도했고 질적으로도 매우 뛰어났다.

토론토 한인 사회에서 기산의 그림을 미리 알고 신문을 통해 보도했다는 것은 ROM의 인식을 어느 정도 바꿀 수 있을 것이라는 생각이 들었다. 토론토 한인 사회가 ROM 한국관에 무관심하거나 근거 없는 비난만 하는게 아니라 전문성을 갖춘 협력자 역할을 할 수 있다는 점을 알려주었기 때문이다.

기사가 신문에 게재된 날 아침 전화가 걸려왔다.

"토론토 대학에서 한국학을 가르치는 유영식이라고 합니다. 오늘 아침 성기자가 쓴 기사를 읽었습니다. 기산의 그림을 누가 캐나다에 들여왔는지 확인이 되지 않았다고 했던데, 정보를 드릴 수 있습니다."

나는 유영식 교수에게 그날 당장 만나자고 했다.

차분한 학자풍의 얼굴을 한 유교수는 한국-캐나다의 교류사를 깊이 연구해온 학자였다. 유교수는 기산의 그림을 캐나다에 들여온 이가 제임스 스카스 게일(1863~1937)이 틀림없다고 했다. 제임스 스카스 게일? 이름이 낯설지 않았다.

"아, 한국 최초의 서양문학 번역서 『천로역정』. 바로 그 번역자지요? 예전 교과서에 나왔었지요. 그런데 그 영국 사람이 무슨 연유로 캐나다에 기산의 그림을?"

유교수는 웃으며 말을 이었다.

"게일은 영국 사람이 아니라 캐나다 사람이지요. 한국에서 선교 활동을 하다가 은퇴한 뒤 영국으로 건너가 사망했기 때문에 영국 사람이라고 흔히 오해들을 하지요."

내 몸에서 또 소름이 살짝 돋았다. 제임스 스카스 게일과 기산 김준근의 관계가 밝혀지는 순간이었기 때문이다. 그것은 곧 한국과 캐나다의 교섭사의 첫 장이 밝혀지는 것이나 다름없었다.

지난번 ROM에서 기산의 작품들을 처음 보았을 때, 그림에 '元山(원산)'이라는 글씨가 적혀 있었다. 교육용으로 사용되었을 그림첩이었기 때문에 지명 또한 그 목적으로 적어놓은 듯했다. 게다가 성서 구절이 적혀 있는 것으로 보아 외국 선교사와 관련되었다는 것은 틀림없는 사실이었다.

유교수는 말했다.

"『천로역정』이 언제, 어디에서 출판되었는지 아십니까? 바로 원산입니다. 1895년에 출판되었지요. 성기자는 그림에 '원산'이라는 지명이 적혀 있다고 했지요? 왜 하필이면 다른 곳이 아닌 원산이 저 그림첩에 적혀 있었을까요? 바로 제임스 스카스 게일이 원산에서 활동하던 시절, 기산 김준근에게 교육용 그림을 의뢰한 것이 틀림없어요. 『천로역정』의 삽화를 누가 그린 줄 아십니까? 바로 기산 김준근입니다."

나도 모르게 "아" 하는 소리가 나왔다. 유교수와 더불어 난해한 퍼즐을 정확하게 맞춘 기분이었다. 유교수는 한국-캐나다 교섭사와 관련해 제임스 스카스 게일은 대단히 중요한 인물이라고 강조했다. 비록 선교 목적으로 한국에 건너갔지만, 한국문화사에 크게 공헌한 인물이라는 것이다.

토론토 대학에서 문학을 전공한 게일은 1888년 12월 12일 부산을 통해 한국에 들어갔다. 선교사 자격이었다. 선교사이기 이전에 빼어난 인문학자였던 그는 조선에서 1927년까지 활동하면서 인문학 분야에서 눈부신 업적을 남겼다.

우선 한국 최초의 서양문학 번역서인 『천로역정』을 펴냈고, 1897년에는 『한영대자전(韓英大字典)』을 출판했다. 한국에 온 지 10년도 채 되지 않아 사전을 편찬할 정도였으니, 게일이 얼마나 천재적인 학자였는지 짐작이 가고도 남는다. 유교수는 게일이 편찬한 『한영대자전』은 1960년대까지 사용되었다고 했다.

게일은 또 신구약 성서를 비롯해 여러 기독교 서적을 번역했을 뿐만 아니라 『춘향전』『구운몽』 같은 한국 고대소설을 영어로 번역해 런던, 뉴욕, 토론토 등지에서 출판하기도 했다. 『구운몽』은 정규복 전 고려대 교수 등 한국 고전문학 연구자들로부터 뛰어난 번역서로 극찬을 받았으며, 이 번역서는 한국문학을 서양에 알리는 데 크게 기여했다.

유교수는 제임스 스카스 게일이 아니면 기산의 그림을 캐나다에 들고 올 사람이 없다고 확언했다.

나는 루덴비크 박사에게 이메일을 통해 보충 질문을 했다.

토론토 대학 유영식 교수는 기산의 작품을 제임스 스카스 게일이 의뢰해 그렸고, 바로 게일이 캐나다에 들고 나온 것이라고 주장합니다. 이 부분에 대해 어떻게 생각하십니까?

루덴비크 박사는 바로 답장을 보내왔다.

우리가 소장한 기산의 작품은 1900년대 초반 선교사 게일이 캐나다에서 한국에 관해 강연할 때 들고 나온 것으로 보입니다. 게일은 기산의 작품을 캐나다에서 팔아 기금을 마련하려고 했을 것입니다.

마침 2003년은 한국과 캐나다가 수교한 지 40주년이 되는 해였다. 나는 ROM에서 발견된 기산의 최고 작품에 대해, 제임스 스카스 게일이라는 캐나다 출신의 선교사와 한국의 관계에 대해, 그리고 기산과 게일의 관계에 대해 신문에 신바람 나게 글을 썼다.

한국의 옛 직장 선배에게도 이메일을 넣었다.

기산 김준근이라는 화가의 작품이 ROM에서 무더기로 발견되었는데요.

편집국장을 맡고 있던 그 선배는 지면을 잡아놓았으니 빨리 기사를 보내라고 독촉했다. 나는 『시사저널』 2003년 10월 30일자에 「구한말 최고 미술 100년 만에 빛보다」라는 제목으로 두 쪽에 걸쳐 기사를 게재했다.

이번에는 루덴비크 박사가 이메일을 보내왔다.

10월에 한국국제교류재단(Korea Foundation)의 초청으로 서울에 갑니다. 기산 김준근의 전시를 볼 수 있을까요?

나는 한국국제교류재단이 적절한 시기에, 적임자를 제대로 초청한다는 생각이 들었다. ROM의 한국관은 1999년 다름 아닌 한국국제교류재단의 기부금(70만 캐나다달러, 약 6억 원)으로 개관했기 때문이다. ROM 한국관은 외국 미술관에 대한 한국국제교류재단의 첫번째 기부 사업으로 기록되어 있다. ROM 측은 바로 이 사실을 큰 자랑거리로 내세우고 있다.

국립민속박물관의 전시 일정을 보니, 루덴비크 박사가 서울에 들어갈 무렵이면 전시가 끝날 시점이었다. 나는 이태희 학예연구원에게 이메일을 보냈다.

김홍남 관장님께 내 이야기를 하십시오. 아마 기억하실 겁니다. 이번에 ROM의 루덴비크 박사가 한국에 들어가는데, 이태희 연구원이 안내해서 전시회도 보여주고 김관장님과의 만남도 반드시 주선하시기 바랍니다. 김관장님과의 만남은 이곳 한국관 개관과 관련해 정말로 중요한 일입니다.

이태희 연구원으로부터 "그렇게 하겠다"는 답장을 받은 뒤 나는 루덴비크 박사에게 이메일을 보냈다.

전시가 끝난 시점이기는 하지만 기산 전시를 보실 수 있을 것입니다. 국립민속박물관에서는 박사님을 위해 전시 기간을 연장하기로 한 모양입니다. 서울에 도착하시면 이태희 연구원에게 바로 연락하시기 바랍니다. 국립민속박물관에 가시면 김홍남 관장을 만나 의견을 들으시기 바랍니다. 김관장은 뉴욕 메트로폴리탄 박물관 한국관을 디자인한 분입니다.

미국 예일 대학에서 미술사를 공부한 김홍남 관장은 이화여대 교수 및 이대박물관 관장으로 재직할 당시 탁월한 전시 기획력을 발휘한 전문가로 유명하다. 김관장은 정양모 전 국립중앙박물관 관장과 함께 뉴욕 메트로폴리탄 박물관의 한국관을 설계하면서, 지붕에 창을 내는 파격을 통해 한국 전통 미술의 자연스러움을 돋보이게 한 인물이다. 비록 규모는 작지만 메트로폴리탄 박물관 한국관은 바로 저 빼어난 큐레이터십으로 인해 중국관, 일본관에 비해 크게 밀리지 않는다는 느낌을 주고 있다.

나는 루덴비크 박사가 김관장으로부터 ROM의 한국관 재개관과 관련해 귀한 조언을 들었을 것이라 생각했다. 그런 점에서 국립민속박물관 김홍남 관장과 이태희 학예연구원이 눈물 나게 고마웠다. 루덴비크 박사에 대한 그들의 성의 있는 대접은, ROM 한국관의 질적 성장으로 이어질 것이기 때문이다.

ROM은 2005년 12월 '르네상스 ROM' 프로젝트를 완성하면서 한국관의 문을 다시 연다.

나는 그동안 외국 박물관에 있는 한국관을 둘러보면서 실망한 적이 많았다. 볼품없는 유물 몇 점을 구해다놓고 한국관이라는 명패를 내건 곳은 차라리 없느니만 못했다. 한국의 빼어난 문화유산을 알리기는커녕 왜곡시키고 있기 때문이다. 세계 3대 박물관 가운데 하나라는 영국 런던 대영박물관의 한국관도 몇 년 전 대목 신영훈 선생이 한옥을 지어 넣기 전까지는 한국 문화예술을 왜곡시키는 데 단단히 한몫을 했었다.

ROM 한국관의 재개관에 대해 큰 기대를 거는 까닭은 다름 아닌 기산 김준근 때문이다. 외국에서 가장 많이 소개된 구한말 화가의 가장 빼어난 작품을 상설 전시를 통해 볼 수 있기 때문이다. 외국 박물관의 한국관에서 기산의 작품과 같은 회화를 감상할 수 있다는 것은 상상만으로도 즐거운 일이다. 뉴욕 메트로폴리탄 미술관 한국관에도 회화는 거의 없고 컬렉션 대부분이 도자기이다.

ROM 한국관 소장품 8백여 점도 거개가 도자기였다. 그러나 다른 어느 박물관에서도 찾아볼 수 없는 기산의 크고 화려한 작품이 28점이나 발견됨으로써 ROM은 큰 자랑거리를 하나 보유하게 되었다. ROM은 한국관 재개관전을 '기산 김준근 특별전'으로 정한 뒤 '제대로 보여주겠다'며 단단히 벼른다는 느낌을 주고 있다.

한국의 전통 놀이 문화, 학습 문화, 농경 문화, 제례 문화 등을 화려한 채색으로 묘사한 기산의 그림이 전시장에 나올 때 그 모습이 얼마나 멋지고 아름다울까를 나는 혼자 상상해본다. 벌써부터 마음이 설렌다. 기획에 관한 한 세계 최고를 자랑하는 ROM이 기산의 작품을 어떤 식으로 꾸며 보여줄지, 또 연구 결과를 어떻게 발표할지 그것 또한 궁금하다.

ROM 한국관은 기산의 작품으로 인해 우리에게는 그 자체로서 명품이 될 가능성이 크다. 머나먼 이국땅에서 어린 자식들의 손을 잡고 ROM의 한국관 안을 유유자적 거닐며 우리 고유의 멋스러움을 함께 느끼고 즐긴 다면 얼마나 근사한 일이 될 것인가. 우리 자식들에게 '우리의 조국은 이렇게 아름답고 멋지다'는 것을 말이 아닌 눈으로 직접 확인시킬 수 있다는 사실 하나만 생각해도 나는 벌써부터 행복해진다.

같은 이민 국가지만 미국은 흔히 용광로에 비유된다. 반면 캐나다는 모자이크 사회라 일컬어진다. 100여 개 민족이 자기 정체성을 뚜렷하게 유지하며 살아가고 있기 때문이다. 바로 그 캐나다라는 모자이크 판에서 빛을 내느냐, 아니면 희미한 존재로 남느냐 하는 것은 바로 정체성을 얼마나 소중하게 가꾸어가느냐에 달려 있다.

ROM의 한국관은 캐나다에 사는 한인 동포들에게 그 정체성을 확인케 하는 소중한 자산으로 작용할 것이다. 지금 ROM은 다른 민족이 아무리 돈을 많이 들고 와도 전시관을 내주지 않고 있다. ROM에 자국 전시관이 있다, 없다 하는 것은 국력뿐 아니라 문화예술 수준과도 밀접한 관계가 있다. 한국관의 존재 자체가 우리에게는 큰 자랑거리인 셈이다.

나는 바로 그 ROM의 명품이 될 것이 확실한 기산 김준근의 작품을 누구보다 먼저 보고, 화가 이름을 확인하는 영광을 누리고, 글을 쓰고, 남들에게 자랑스럽게 이야기할 수 있다는 사실이 기쁘다.

12월이 기다려진다.

기산 그림에 서양이 반했다

이름 김준근. 호 기산. 생몰연대 미상. 구한말 풍속화가.

김준근에 관해 한국에는 이 정도의 정보밖에 없겠지만, 서양에서는 가장 유명한 조선의 풍속화가이다. 1895년에 이미 서구에서 개인전을 열었으며 연구서만 해도 수십 권을 헤아린다.

미국 스미스소니언 박물관, 독일 뮌헨 민속박물관, 영국 대영박물관, 영국도서관, 프랑스 기메 국립박물관 등 그의 작품을 수백 점씩 소장하고 있는 박물관의 면면만 보아도 '한반도가 낳은' 가장 세계적인 화가로 꼽힐 만하다.

기산 김준근이 캐나다 토론토 온타리오 왕립박물관(www.rom.on.ca)에서 새로운 면모로 재탄생했다. ROM이 1억 달러라는 천문학적인 자금을 들여 진행 중인 재건축 프로젝트(르네상스 ROM)를 기념하는 '대표선수'

로 선발되어 특별전을 열고 있는 것이다. 제목은 '1900년대의 한국 : 기산의 풍속화.'

2005년 12월 26일 2년 만에 다시 문을 열어 캐나다 미술애호가들의 폭발적인 인기를 끌고 있는 동아시아 갤러리의 특별전시실에서, ROM이 보유한 기산의 작품 28점이 처음으로 공개되었다. 삼성전자 후원으로 이루어진 이 특별전은 오는 9월 4일까지 계속된다.

기산은 구한말 부산, 인천, 원산 등 개항장을 중심으로 활동한 풍속화가로 알려져 있다. 그곳에서 만난 외국 선교사나 외교관들이 주문한 작품을 주로 그렸다. 외국인들은 귀국 기념으로 가져갈 작품을 기산에게 의뢰했으며, 기산은 종이 위에 구한말의 사회 풍속을 사실적으로 옮겼다. 기산의 작품은 그림엽서와 같은 구실을 했을 뿐만 아니라 연 날리는 모습, 쟁기질하는 모습 등 구한말의 풍경을 사진처럼 생생하게 재현한 것으로 유명하다. 수묵으로 그린 작품도 간혹 눈에 띄지만 작품은 대다수가 화려한 채색화이다.

전세계 유명 미술관에 산재한 수천 점에 이르는 기산의 작품 중에서도 이번에 ROM이 공개한 작품은 좀더 특별하다.

우선, 작품이 지금까지 알려진 것보다 훨씬 크다는 것. 다른 미술관들이 소장한 작품은 대부분이 15×20센티미터의 소품이었다. 이와 달리 ROM의 소장품은 71×123센티미터로 기산의 작품 가운데 가장 크다. 작품 자체가 크다보니 기산의 장기, 곧 당대의 풍경이 훨씬 선명하게 살아나고 있다.

다음은, 기산의 작품 28점 가운데 한반도 지도가 들어 있고, 작품들이

온타리오 왕립박물관에서 펴낸 기산 연구서. 기산 김준근 특별
전을 기획한 큐레이터 한희연 씨가 펴낸 책이다.

무엇을 발표할 때 사용하는 궤도 형태로 묶여 있었다는 것. 이로 미루어보
아 ROM의 기산 작품은 한국을 캐나다의 대중에게 소개하기 위해 제작된
것으로 보인다.

　ROM 동아시아 담당 수석 학예연구원 클라스 루덴비크 박사와 함께 한
국관 및 기산 특별전을 기획한 한희연 씨(토론토대 대학원 박사과정·동양미술
사)는 "기산의 작품은 조선 사회 모습을 짤막한 설명과 함께 소개하는 슬
라이드쇼 같은 느낌을 주고 있다"고 소개했다. 한씨는 기산 특별전의 도록
을 함께 제작했으며 연구 성과를 담은 논문을 발표했다.

기산의 작품이 좀더 각별한 세번째 이유는, 캐나다 출신의 제임스 스카스 게일과의 관계 때문이다. 토론토 대학을 졸업한 게일은 한국 최초의 서양문학 번역서인 존 버니언의 『천로역정』을 번역한 주인공. 기산은 원산에서 출판된 이 책에 삽화를 그렸다. 이번 전시에는 『천로역정』의 원본도 함께 나와 있다.

기산 특별전 전시장에서 만난 미국인 세실리아 구엘렛 씨는 입양한 한국 출신의 딸과 함께 기산의 작품을 세심하게 들여다보고 있었다. 그녀는 말했다.

"여덟 살 된 딸아이에게 한국의 아름다움을 알려주기 위해 일부러 이곳을 찾았다. 예상했던 것보다 훨씬 아름다워서 행복한 시간을 보냈다."

2005년 12월 26일 처음 모습을 드러낸 ROM 동아시아관에서 한국관은, 그 규모는 조금 축소되었으나 ROM 특유의 탁월한 전시 디자인에 힘입어 한국의 문화사를 일목요연하게 잘 드러내고 있다. 특히 1234년에 발명된 금속활자가 소개되어 있는데 "독일의 구텐베르크보다 2백 년이 앞선 세계 최초의 발명품"이라는 설명이 붙어 있다.

토론토의 국악 전도사, 유경

2003년 12월 13일 캐나다 토론토에 있는 'BJCC 리 포스룬스 극장'에서는 한국에서도 좀처럼 보기 어려운 공연이 펼쳐졌다. 고국에서 멀리 떨어진 이곳에서 가야금, 해금, 대금, 장고, 북 들이 펼치는 국악 공연을 접하는 것만 해도 대단히 귀한 경험이지만 그보다 한 발 더 나간 것이 있었다. 서양 음악과 전통 국악의 협연이 조화롭게 이루어진 것이다.

캐나다 최정상급으로 평가받는 연주자들과 한국 출신의 젊은 국악 연주자가 함께한 이날 협연은 음악의 '신비로운 제3세계'를 만들어냈다. 5백여 객석을 가득 메운 청중들은 숨을 죽인 채 이 광경을 지켜보았다.

국악기와 양악기의 협연은 이제 한국 내에서도 그다지 낯선 일이 아니다. 그러나 캐나다 토론토에서의 협연은 그 의미가 좀더 각별했다.

우선, 1999년 10월 토론토라는 국악의 불모지에 국악의 씨를 뿌리고 가꾸어온 젊은 해금 연주자 유경 씨(캐나다국악원장)가 세계 정상급 연주자들로 평가받는 이들과 처음으로 협연을 했다는 점이다. 데이비드 모트(바리톤 색소폰)와 조셉 패트릭(아코디언)으로 이루어진 듀오 '에로소닉'은 유씨와 더불어 「산 너머 구름(Clouds Over the Mountain)」을 구성지게 연주했다. 「산 너머 구름」은 토론토의 요크 대학(York University) 교수이기도 한 데이비드 모트가 이번 공연을 위해 자곡한 곡이다.

에로소닉뿐만 아니라 캐나다 최고 음악원인 로열컨서버토리 교수로서 기타리스트로서도 명성을 떨치고 있는 브라이언 카츠는 해금, 대금, 가야금과 더불어 「현악영산회상」 중 '군악'을 협연했다. 기타로 장고의 역할까지 해낸 셈이다.

다음으로 각별했던 점은 다름 아닌 객석이었다. 어린이에서부터 80대 어른에 이르기까지 토론토 겨울 칼바람을 뚫고 공연장을 찾은 청중들은 시종일관 진지한 자세로 공연을 감상했으며, 흥겨운 우리 가락이 나올 때마다 박수를 치며 무대와 한 몸을 이루었다. 돈을 내고 티켓을 구입한 청중들이 국악 공연장을 가득 메우고, 연주자들에게 열렬하게 환호하는 것은 국내에서조차 좀체 보기 힘든 광경이다.

토론토에서는 지금 국악 공연이 열릴 때마다 이처럼 청중 수백 명이 공연장을 찾는다. 유학생을 포함해 토론토 한인 인구가 10만 명 정도밖에 안 된다는 점을 감안한다면 대단한 열기가 아닐 수 없다.

캐나다는 수많은 소수 민족 이민자들이 자기 색깔을 분명히 지키며 서로 문화적 조화를 이루고 있는 모자이크와 같은 나라다. 한인들도 이제는

해금 연주자 유경 씨. 캐나다 토론토에
한국 전통 음악을 널리 전파해온 유씨는
2006년 3월부터 서울대 대학원 박사과
정에서 공부하며 단국대 등에서 강의하
고 있다.(위) ⓒ 장경수

2003년 토론토에 파견된 국립국악원 타
악 주자 박거현 씨와 협연하는 유경 씨.
'이역만리' 캐나다 땅에서 이같은 고급
연주를 즐길 수 있다는 것은 행운이다.
한국의 국악 연주와는 달리 토론토 국악
연주회는 큰 인기를 끌고 있다. 우리 소
리에 대한 그리움 때문이기도 하지만 캐
나다국악원이 동포들을 대상으로 우리
소리에 대한 교육을 꾸준히 시켜왔기 때
문이다.(아래)

바로 저 국악을 통해 모자이크 하나를 선명하게 물들일 수 있게 되었다. 캐나다국악원(www.kukak.org)이 우리 문화를 꾸준히 교육하고 전파시켜 왔기 때문이다.

한인 사회의 정체성을 분명하게 드러내는 까닭에 캐나다국악원은 한인 사회에서 보석 같은 존재로 받아들여지고 있다. 이 단체는 해금 연주자 유경 씨가 설립하고 키운 단체이다. 젊은 연주자의 도전과 열정이 이제 막 뿌리를 내리고 있는 셈이다. 현재 원장을 맡고 있는 유씨는 이화여대 한국 음악과에서 공부했다(92학번). 1996년 대학을 졸업하고, 먼저 이민을 와 있던 부모를 뒤따라온 유씨는 토론토의 요크 대학 민족음악과에 등록해 3년을 더 공부했다.

요크 대학에서 유씨는 각국 민족 음악을 접했으며, 서로 다른 배경의 다양한 음악인들과 교류할 수 있었다. 그 가운데 가장 주목할 만한 것은 요크 대학 작곡과 교수인 윌 웨스트컷이 해금곡을 서양 오케스트라 음악으로 편곡해 한인교향악단과 함께한 협연이다. 해금 연주자인 유경 씨의 존재 때문에 국악에 관한 한 '세계 최초의 일'들이 이곳에서는 일상적으로 벌어지고 있다.

유씨가 캐나다국악원을 설립한 것은 1998년 국립국악원 단원을 이끌고 토론토에 공연 온 한명희 당시 국악원장의 권유 때문이다. 한원장은 유씨에게 "국내에서보다 이곳에서 네가 할 일이 더 많다. 활동을 본격적으로 하면 적극 돕겠다"고 약속했다.

한국에서 촉망받던 젊은 국악 연주자가 국내로 복귀하지 않고 캐나다라는 '국악의 변방'에 주저앉기로 마음먹는다는 것은 그리 쉬운 일이 아니다. 한국에서는 대접받으며 연주할 수 있지만 이곳에서는 하나에서 열까지 모든 것을 혼자 일구어야 하기 때문이다. 유씨의 선배, 동료들은 '국악 신세대' 소리를 들으며 국내에서 스타로 한창 이름을 날리던 터였다. 이곳에 남아 국악을 업으로 삼는다는 것은 황무지 개척과 같은 모험이자 도전이었다.

1999년 10월 유씨는 '국내의 프리미엄'을 포기하고 캐나다국악원을 설립했다. 캐나다 정부에 비영리 단체로 등록하고, 그해 12월 국악감상회를 개최하는 것으로 첫발을 내디뎠다. 그 감상회는 지금까지 수년째 이어지고 있다.

"캐나다국악원을 설립한 후 모든 것이 자발적으로 이루어졌다"고 유씨는 말했다. 국내 유명 연주자들의 음반과 영상을 보면서 '해설이 있는 국악감상회'를 개최하자 참석자들이 후원회를 자발적으로 결성했다. 그 후원회는 캐나다국악원을 조직적으로 후원하는 이사회로 변신해 든든한 버팀목 구실을 해주고 있다. 게다가 동서양 예술에 두루 정통한 빼어난 예술 비평가 김견(2002년 작고) 씨가 이런저런 조언을 주기도 했다.

감상회를 통한 국악 보급, 정기 연주회 등을 본격화하면서 캐나다국악원에는 많은 이들이 찾아왔다. 국내에서 국악을 전공했던 이들은 풍류회를 결성해 연주단체로 들어왔으며, 국악을 배우려는 이들이 늘어나자 전통문화학교가 자연스럽게 생겨났다.

토론토의 한 커뮤니티센터 연습실을 빌려 정기적으로 열리는 전통문화학교에서는 국악뿐 아니라 한국 전통문화와 관련한 다방면의 교육이 이루어진다. 한국무용, 다도와 같은 전통문화가 이곳을 통해 보급되며 국악 교육도 모든 방면에 펼쳐져 있다. 유경 씨의 소신 때문이다.

"일반인들은 국악 하면 민속악만 생각하고 전통춤 하면 부채춤만 떠올린다. 국악에 민속악뿐만 아니라 정악과 같은 다양하고 깊은 세계가 존재한다는 사실을 알리고 싶었다."

이 때문에 캐나다국악원이 펼치는 정기 연주회에는 시조를 읊조리는 등의 정악 연주가 반드시 포함되어 있다. 유씨는 국악을 배우러 온 한인 청소년들에게 '밥을 사줘가며' 정악을 가르쳤다. 이곳에서 태어나 국악에 대한 선입견이 전혀 없는 교포 2세들은 그 느린 소리를 스펀지가 물을 빨아들이듯 금방 받아들였다.

2000년부터 열어온 정기 연주회, 여름마다 펼치는 작은 음악회, 캐나다 국악경연대회, 국악감상회, 문화인물 초청 행사, 국립국악원 단원 초청 행사 등 캐나다국악원의 사업은 이제 그 수를 헤아릴 수 없을 만큼 늘어났다.

그 가운데서도 가장 눈에 띄는 것은 한인 2세들을 대상으로 한 국악 교육이다. 전통문화학교는 국악을 배우려는 한인 2세들의 발길로 늘 분주하다. 학교에서 재능 발표 시간에 "우리 음악인 국악을 배워 연주하겠다"며 한인 2세 청소년들이 끊임없이 찾아온다. "청소년들은 2~3개월만 가르치면 금방 익힌다"고 유씨는 말했다. 그들이 국악을 계속하든 하지 않든 몇 개월간 익힌 경험은 한인 청소년들에게 자기 정체성을 확인시켜주는 평생의 자산으로 남을 것이다.

캐나다국악원은 토론토 교민 사회 내에서의 여러 활동을 뛰어넘어 대외적으로도 한인 커뮤니티 문화를 대표하는 단체로 발돋움하고 있다. 각종 단체의 초청 공연은 이제 일상적인 일이다. 국악 프로페셔널 단체로서 한국의 소리를 캐나다에 전파하는 '한국 음악의 전도사' 역할을 수행하고 있는 것이다.

그중 대표적인 활동이 캐나다를 대표하는 미술관인 온타리오 왕립박물관에서의 연주회다. 한국관을 비롯해 각국의 아트 갤러리를 보유하고 있는 ROM은 정기적으로 각국의 축제를 열고 있다. 1999년부터 캐나다국악원은 ROM의 '한국의 밤 시리즈'에 참여해 격조 높은 우리의 소리를 캐나다 사람들에게 들려주고 있다.

캐나다 국영방송 CBC는 한국전쟁 관련 다큐멘터리를 제작하면서 '한국의 소리'가 필요할 때면 캐나다국악원을 찾는다. 한국관광공사가 캐나다의 유서 깊은 유적지에서 '한국의 날 행사'를 펼칠 때 캐나다국악원의 연주는 그 격을 높여준다. 일반 중고등학교에서도 캐나다국악원을 초청해 연주를 부탁하기도 한다. "우리의 소리를 듣는 이곳 학생들의 태도가 얼마나 진지한지 모른다"고 유경 씨는 말했다.

캐나다에서 우리 국악과 같은 전통 예술이 널리 전파되고 깊이를 더해가는 데는 '외국'이라는 지역적 의미를 뛰어넘는 남다른 것이 있다. 캐나다 정부는 보조금을 지급해가며 한국인 2세들의 한글 교육을 지원하고 있다. 각 민족으로 하여금 고유의 정체성을 잘 지키도록 도와주어야 캐나다라는 국가 공동체가 잘 굴러갈 수 있다는 것이다. 용광로 문화를 지향해온 미국이 각종 문제점을 드러내자 캐나다는 미국을 반면교사로 삼아 모자이크 문화 정책을 표방해오고 있다.

이같은 모자이크 나라에서, 아마추어가 아닌 프로페셔널이 국악 공연 및 연주 활동을 일상적으로 하고 있다는 사실은 이곳 한인뿐만 아니라 캐나다 사회에도 일종의 축복이라고 할 수 있다.

연주자로서 유경씨는 아쉬움을 많이 털어놓았다. 기획에서부터 교육, 홍보, 연주 등에 이르기까지 예술행정가 노릇을 하면서 홀로 5역, 6역을 감당해야 하기 때문이다. "하루에 여섯 시간이고 열 시간이고 연습만 할 수 있으면 얼마나 좋을까 하는 생각을 가끔씩 한다"고 유씨는 말했다.

그는 캐나다국악원을 일구어온 '뚝심' 못지않게 해금 연주자로서도 최정상급의 연주 실력을 유감없이 발휘하고 있다. 국악고등학교에서 강덕원, 안재숙 선생에게, 이화여대 재학 중에는 조운조 교수와 조주우 교수에게 사사한 유씨는 대학 시절부터 일찌감치 주목을 받은 유망주였다.

유씨의 활동은 그가 연주하는 해금과 많이 닮아 있다. 현악기도, 관악기도 아닌 해금은 바로 그 중간 지점에 놓인 성격으로 인해 어떤 소리와도 잘 어울리는 탁월한 적응력을 지닌 악기이다. 유씨는 정통 음악에 뿌리를 두면서도 그 정통의 외연을 거침없이 확장하는 작업에 힘을 쏟고 있다. "정통적인 것을 지키고 가꾸는 것은 모국에서 할 일이다. 나는 모국에서와는 다른 좀더 자유스러운 연주를 이곳에서 하고 싶다"고 유씨는 말했다. 아무런 구속이 없기 때문이다.

그리하여 유씨의 연주에는 실험적인 대목이 많다. 서양 악기와 아무런

거리낌 없이 협연할 뿐만 아니라 즉흥 연주까지 자주 선보인다. 특히 토론토 한인회관에서 개최한 독주회에서는「무소의 뿔처럼 혼자서 가라」는 곡을 즉흥적으로 연주해 호평을 받았다. 청중들에게는 일종의 문화 충격이었다. 해금이라는 국악기에서 이처럼 현대적이고 세련된 소리가 나오리라고는 상상도 못했기 때문이다. 유씨와 신나게 협연을 한 서양 뮤지션들이 "다음에 또 하자"고 제안해오는 것도 바로 이같은 적응력과 실험 작업 때문이다.

예술 단체들의 대부분이 그렇듯 캐나다국악원도 예산 문제로 적지 않게 어려움을 겪고 있다. 그래도 또 대다수 예술가들이 그렇듯 유씨는 크게 개의치 않고 뚜벅뚜벅 제 갈 길을 가고 있다. 지난해 한국어 강좌를 개설한 토론토 요크 대학교에서 우리 국악을 가르칠 날도 그리 멀지 않은 것으로 보인다.

캐나다국악원이라는 단체를 통해 '국악의 변방'에서 우리의 국악이 어떤 모습으로 꽃피우는지를 국내에서도 주목해볼 필요가 있다. 한국에서 가져간 제대로 된 씨앗이 환경과 풍토가 전혀 다른 이곳에서 색다른 모습으로 아름답게 개화하고 있기 때문이다.

퍼포먼스 삶을 살다 간 천재 백남준

백남준 선생은 처음 만나자마자 나를 곤경에 빠뜨렸다.

1995년 나는 『시사저널』에서 문화부 기자로 일하고 있었다. 제1회 광주 비엔날레가 열리던 그해 9월, 비엔날레 특별전을 조직했던 백선생을 특별하게 인터뷰하고 싶었다. 나는 당대 최고의 문화부 기자 출신인 김훈을 떠올렸다. 지금은 소설가로 명성을 떨치는 김훈 씨는 당시 『시사저널』 편집국장이었다. 편집국을 총지휘하는 국장이 하루를 통째로 헐어 광주까지 가는 것은 만만치 않은 일이었다. 나는 취재차 미리 내려왔고, 김국장은 약속 시간에 맞춰 당일 새벽 버스를 탔다.

우리는 광주시립미술관 앞에서 만났다. 오후 3시께, 저 멀리서 백선생이 둔중한 몸으로 뒤뚱뒤뚱 걸어왔다. 특유의 멜빵 차림이었다. 나는 반갑게 달려갔다.

"선생님, 저희 국장이 오셨습니다. 어디서 이야기를 나누면 좋을까요?"

"뭐라고? 난 약속한 적 없는데?"

"아니, 약속하셨잖아요. 국장께서 서울에서 오셨는데……"

"몰라. 나 바빠. 지금 가야 돼."

그러고는 또 뒤뚱뒤뚱 가버렸다. 눈앞이 캄캄했다. "너, 무슨 일을 이따위로 하는 거야?"라는 불호령이 떨어질 게 뻔했다. 변명을 만들어낼 틈도 없었다.

"백선생이 약속 잡은 것을 기억하지 못합니다. 인터뷰를 못하겠답니다. 죄송합니다."

그때 김훈 국장은 단 한마디만 했다.

"괜찮아. 천재는 그럴 수 있어."

그러고는 바로 『시사저널』 취재 차량을 향해 소리쳤다.

"오기사, 나 터미널까지만 태워줘요."

나는 그때부터 '인간 김훈'을 존경하기 시작했다.

그날 저녁 미술관 옆 공연장에서 백선생은 피아노 퍼포먼스를 벌였다. 한 손에 든 비디오카메라로 피아노의 내부와 자기의 눈, 코, 입 따위를 찍어 대형 화면으로 보여주는 기괴한 퍼포먼스였다.

객석을 가득 메운 청중들은, 세계적인 아티스트가 공연한다는 사실 때문에 지루하지만 간신히 참는다는 표정이었다. 지루함을 이기지 못했던지 몇몇 사람이 플래시를 터뜨리며 사진을 찍기 시작했다.

순간, 낮에 내가 받지 않았던 불호령이 백선생의 입에서 터져나왔다.

■■
2000년 2월 뉴욕 구겐하임 미술관에서 '백남준 회고전'이 열렸을 때, 그가 웅얼웅얼하면서 한국말로 내지르던 말이 지금도 생생하다.
"내 나이 벌써 예순여덟이야. 그래도 생각할 자유는 남아 있어."

백남준, 「동시에 이루어지는 변화 : 야곱의 사다리」, 2000.

"어떤 씨팔놈이 사진을 찍어? 어떤 놈이야? 나와."

객석은 물을 끼얹은 듯이 조용해졌다. 단 한마디로 청중을 사로잡은 완벽한 퍼포먼스였다. 그때부터 청중들은 퍼포먼스를 즐길 수 있었다. 나 또한 긴장을 해서 그런지 조금도 지루한 줄 몰랐다.

서울에 올라온 나는 화가 풀리지 않아, 백선생의 일정을 짰던 갤러리현대 큐레이터에게 화풀이를 해댔다. 백선생이 출국하기 전에 약속을 반드시 잡아놓으라고 '명령'하다시피 했다.

연락이 왔다. 약속 시간도 해프닝처럼 참 해괴했다. 밤 11시. 세검정 올림피아호텔 커피숍. 김훈 국장은 그 시간까지 무던히 기다려주었다.

나는 녹음기와 필기구를 가지고 인터뷰 자리에 배석했다. 김국장이 물었다.

"선생님께 미디엄과 메시지는 어떤 관계가 있는 겁니까?"

백선생은 의자에 비스듬히 앉아 눈을 게슴츠레 뜨고 귀찮다는 듯이 심드렁하게 답했다.

"미디엄이 메시지고, 메시지가 미디엄이지."

나는 당황하고 긴장했다. 저런 대답이 나오면 주눅이 들어 다음 질문을 하기가 여간 곤혹스러운 게 아니다. 하지만 김훈은 눈 하나 깜짝하지 않고 바로 돌파해나갔다.

"이번 전시회는 통신과 예술이 결합됨으로써 빚어지는 새로운 자유의 공간과, 그 공간에서의 창조 가능성을 모색하고 있는 것으로 이해했습니다. 이 새로운 자유의 영역 안에서 메시지는 인간에게 어떻게 작용되고 있는 것입니까?"

순간 백선생의 눈빛이 확 달라졌다. 의자를 당겨 자세를 바로한 뒤 정색을 하고 말했다.

"어, 이 사람, 뭘 좀 아네?"

인터뷰는 세 시간 가까이 이어졌다. 불꽃이 튀는 열정적인 인터뷰였다. 갑작스럽게 사람이 달라진 백선생은 20대 청년처럼 격정적으로 말을 쏟아냈다. "젊었을 때 나는 좌익이었다" 같은 색다른 고급 정보가 끊임없이 이어졌다.

당시 백선생은 남들에게 보이는 삶 자체를 해프닝성 퍼포먼스로 사는 게 아닌가 하는 느낌을 주었다. 빌 클린턴 전 미국 대통령이 그를 백악관에 초대했을 때, 바지가 홀러덩 내려가게 한 것도 실수가 아니었다. 상황을 정밀하게 계산한 백선생의 고난도 퍼포먼스였다. 청년끼리는 통하는 것일까? 평생 도전적인 삶을 산 고 정주영 현대그룹 명예회장이 소떼를 이끌고 방북했을 때 백선생은 무릎을 쳤다고 한다. "저건 20세기 최고의 퍼포먼스야."

어느 광고에 출연해 "내일이 있는 한 나는 영원한 청년"이라고 일갈했던 그는, 1996년 뇌졸중으로 쓰러졌다. 2000년 2월 뉴욕 구겐하임 미술관이 새 밀레니엄 특별전으로 '백남준 회고전'을 기획했을 때, 휠체어에 앉은 청년으로서 그는 멋지게 재기했다. 그때 그는 구겐하임 미술관 천장까지 화려한 빛을 쏘아 올리는 새로운 장르 '레이저 아트'를 처음 선보였다.

당시 서양 기자들 틈에 끼여 취재하던 나는 거의 감격의 눈물을 쏟을 뻔했다. 그가 웅얼웅얼하면서 한국말로 내지르던 말이 지금도 생생하다.

"내 나이 벌써 예순여덟이야. 그래도 생각할 자유는 남아 있어."

그는 이렇게 끝까지 도전하는 청년으로 살다 갔다.

김훈에 대한 추억

이민 온 후 처음으로 서울에 들어갔을 때 가장 놀라웠던 점은 바로 변화와 그 속도였다. 대한민국은 엄청나게 변하고 있었다. 그곳에서 사는 이들은 그것을 잘 느끼지 못하는 것 같았다. 청계 고가가 사라지고 광화문 네거리의 육교가 모두 철거되어 하늘이 열려 있었다. 광화문 언저리에서 십수년을 보냈지만 나는 광화문에서 하늘을 처음 보았다. 그것은 대한민국이 만들어내는 거대한 변화 속의 한 상징처럼 보였다.

경우는 좀 다르지만 사람들의 변화 혹은 변신 또한 무서울 정도였다. 나는 변신 가운데 가장 인상적인 것을 서울 광화문 교보문고에서 보았다.

1990년대 초반 여성 소설가들이 득세하면서, 그들은 책표지에 얼굴을 자주 내밀었다. 마치 여성지 표지에 올라온 모델을 보는 느낌이었다. 띠광고가 되었든 표지 자체가 되었든 그것은 책 판매에 상당히 효과가 있었던 모양이다.

이번에 교보문고 소설 서가에서 새로 발견한 변화는, 그 유행이 남성 작가에게로까지 옮겨왔다는 점이다. 그 선두에 소설가 김훈이 있었다. 특급 스테디셀러로 자리를 굳힌 소설 『칼의 노래』를 비롯해 『현의 노래』 『자전거 여행』 『밥벌이의 지겨움』에 이르기까지 예외 없이 작가 얼굴을 책 위에 올려놓았다. 사진들은 "한국 문학에 내려진 축복" 같은 광고 카피를 덮어쓰고 있었다. 그 얼굴을 보는 내 얼굴이 다 뜨거워질 지경이었다.

김훈과 절친한 어느 사진가와 점심식사를 하면서 그 이야기를 끄집어냈다.

"아니, 그건 아무것도 아니야. 한때는 김훈 얼굴이 서울에서 휙휙 날아다녔어. 버스 광고판에 붙어서 말이야. 우리는 알지. 김훈이 저런 것을 어떻게 즐기는지를……"

오해는 하지 마시라. 이분의 말씀은 작가 김훈이 그것을 좋아한다는 뜻이 아니다. '그래, 너희들이 하는 광고 짓거리가 어디까지 가는지 두고 보자'는 일종의 위악적인 즐기기라는 뜻이다.

내가 만나는 사람들이 특정 그룹에 한정되어서 그런지 모르겠으나, 어느 모임을 가든 김훈 이야기가 나왔다. 어떤 분은 "김훈은 문단의 이효리야"라고 하는가 하면, 또 어떤 사람은 '훈사마'라고 했다. 어느 출판사에서 거액을 제시하면서 '전속 작가'로 모시려 했으나 거절했다는 후문도 들렸다.

놀라운 사실은 작가 김훈을 둘러싸고 말들은 많이 했으나 한결같이 즐겁게 이야기하더라는 것이다. 내가 만난 사람들 가운데 한 명의 예외가 없었다. 모두가 '김훈의 성공'에 대해 놀라워하면서도 그것을 즐거워하고 즐기는 표정이었다.

『시사저널』 동료이자 친구인 정희상 기자를 만났을 때도 '김국'(『시사저널』에서 편집국장을 지낸 김훈의 애칭) 이야기부터 나왔다. 탐사 보도의 뒷이야기를 적은 『대한민국의 함정』이라는 책을 펴내기로 했는데, 출판사의 요청으로 김국이 머리글을 써주기로 했다는 것이다. 김국한테서 그 글을 얻기 위해 출판사는 2개월 이상을 기다렸다고 했다. 출판 담당자들로서는 독자를 몰고 다니는 김훈의 위력 혹은 후광을 기대했을 터이다.

그런데 2개월이나 필요한 이유는 김훈의 스타일 때문이다. 정희상이 쓴 원고를 꼼꼼하게 다 읽은 후에야 비로소 글을 쓸 수 있었던 것이다. 이 것이 바로 내가 아는 김훈 선배의 힘이다. 내가 아는 한, 그가 그 많은 술자리에서 이야기되면서도 욕을 먹지 않는 이유도 바로 이같은 힘에서 연유한다.

2006년 2월 백남준 선생이 타계했을 때 『시사저널』 문화부 후배인 안철홍 기자가 내게 부탁을 해왔다. 백선생 기사의 '각을 세우는' 데 도움을 달라는 내용이었다. 나는 퍼뜩 김훈의 백남준 인터뷰를 떠올렸다. 안기자는 아예 나에게 원고를 써달라고 덮어씌웠다. 나는 그 내용을 소상하게 적었고, 그 원고를 지금 이 책에도 실었다.

나는 그 원고에 들어갈 사진을 고르면서 김훈 선배를 떠올렸다. 이 책에 들어간 사진을 구하는 데 도움을 많이 준 『시사저널』 사진부장인 백승기

김훈, 인사동, 2002. ⓒ백승기

선배에게 김훈 사진을 부탁했다. 그랬다가 나중에 넣지 않겠다고 했더니 백선배가 살짝 야단을 쳤다.

"뭐 그럴 것까지 있어? 그것도 결벽증이야. 사진 보낼 테니 그냥 넣도록 해."

사정이 이쯤 이르렀으니, 그러면 김훈에 대한 글을 아예 쓰자고 마음먹었다. 다음에 소개하는 첫번째 글은 2001년 10월 18일 다음(Daum) 인터넷 카페 '커피집'에 적은 글이다. 그 이후의 글들은 과거의 추억을 떠올려 이번에 새로 썼다.

∎∎∎

지난번에 말했었다. 세상에는 『칼의 노래』를 읽은 사람과 읽지 않은 사람으로 나뉘는데, 나는 가급적이면 앞으로 읽은 사람들과 교류하겠다고. 내 앞에 놓인 시간이 그리 많지 않을 뿐만 아니라 세상에 대해 긴장하지 않을 수 있는 신경조직이 그다지 많이 남아 있지 않으므로.

그 소설을 쓴 이를 처음 만난 것은 1990년께였다. 이후 그는 사표를 수없이 던졌다. 나는 작년에 낸 그 사표가 그의 마지막 사표가 되기를 진심으로 바랐다. 왜 그런가? 이 비루한 세상은 삼엄한 그의 정신과 문체를 받아들일 만한 여백이 없다. 한치만 물러서면 천박하고 유치하고, 그리하여 참담한 상황인데도 나 같은 우매한 것들은 한치 앞도 못 보고 그것에 목숨을 건다. 목숨을 걸었으면서도 죽는 법이 없다. 한국 정치 욕할 것 하나도 없다. 한국 사회 도처에서 한국 정치에 필적하는 개싸움들이 벌어지고 있으니. 그는 이 사회에서 보기 드물게 개가 아닌 인간이었다. 존엄성과 염치가 무엇인지 아는.

그가 『시사저널』에서 첫번째로 사표를 던졌을 때 나는 술을 먹다가 새벽 2시 후배들과 더불어 그의 불광동 집 벨을 누른 적이 있다.

여름, 그는 마루에 앉아 엄지손가락을 물어뜯어가며 연필로 꾸역꾸역 원고지를 메우고 있었다. 한쪽 방문이 비죽이 열려 있었다. 고3 수험생인 그의 딸이 붉은 전등 아래에서 공부를 하고 있었다. 함께 글쓰고 공부하는 아버지와 딸의 모습이 아름다웠다.

술로 곤죽이 되었던 우리는 그 딸에게 그 아버지 말투로 삼엄하게 충고했다.

"공부 열심히 하거라. 운 좋아 대학 가면 선배 집에 새벽에 쳐들어오는 우리 같은 개망나니 된다."

이렇게 일갈하면서 한 놈씩 나가떨어졌다.

그의 소설이 동인문학상을 받았다고 한다. 나는 그 상의 권위가 어떻고 저떻고를 떠나 그가 1년 치 양식거리, 겨울을 앞둔 지금 겨울에 먹을 쌀과 땔감을 마련한 사실이 무엇보다 기쁘다.

내가 그를 어떻게 여기는지 잘 아는 한 선배가 인터뷰가 실린 신문을 툭 던져주었다. 입에서 나오는 화려한 문체를 기자가 받아 적느라고 애 많이 썼겠군, 하는 생각이 들었다.

내가 좋아하는 그의 삼엄함이란 바로 이런 것이다.

작품 속에 이순신의 한때 애인이었던 여진의 죽음이 나온다. 그녀의 시체를 누가 끌고 온다. 묘사 문장을 다섯 장쯤 썼다가 모두 다 버렸다. 그리고 단 한 문장으로 바꿨다. '내다 버려라.' 그리고 그날은 하루 종일 아무것도 안 썼다. 너무 좋았다. 원고지 100장 쓴 것보다 나았다.

(『시사저널』 편집국장을) 그만두겠다고 생각했을 때 단 10분도 머뭇거리지 않고 집어치웠다. 내가 생각해도 전광석화 같았다. 그건 직장과 가족, 또 나 모두를 위해서 잘한 일이었다고 생각한다. 아내와 아이들도 그 점은 지지해주었다. 타협할 수 없는 것과 타협하지 않았다는 것.

그는 작년 내가 단국대 사회교육원에 개설된 커피 전문가 과정에 등록해 공부한다는 말을 듣고 이렇게 한마디하며 즐거워했다.
"미친 녀석!"
당시 그도 자전거에, 무엇에 미쳐 있었으니 어느 곳에 미친 놈을 발견해서 기뻤던 모양이다. 그가 찾아 들어간 전라도 촌 골짜기에 커피나 싸 들고 한번 찾아가야겠다.

■■■■

1998년 1월 『시사저널』 김훈 편집국장이 내 자리로 오더니 이렇게 말하는 것이었다.

"야, 성우제 씨, 경주 안 가냐?"

"경주는 왜요? 토우전 때문에요?"

"그래 가자, 같이 가자."

편집국을 지휘하는 국장이면, 담당 기자를 불러다가 "이 전시회는 이리저리 좋은 것이니 취재해 와라"고 명령하면 그만이다. 그런데 김국은 내게 저렇게, 특유의 말투로 조심스럽게 말했다.

당시 국립경주박물관에서는 신라시대 토우 특별전이 열리고 있었다. 김국은 그것을 보고 싶었던 모양이다. 김국은 기차를 타자고 했다. 박물관 한 곳만을 취재하는 것이니, 바쁜 회사 취재 차량을 굳이 끌고 갈 필요가 없었다.

경주박물관에 도착하자마자 강우방 관장실을 찾았다. 강관장은 김국을 잘 아는 모양이었다. "아이구, 김훈 씨가 오셨군요" 하면서 반갑게 맞았다.

강관장은 전시장 문이 닫히고 일반 관람객이 모두 빠져나가기를 기다렸다가 토우를 자세히 들여다볼 수 있게 해주었다. 그뿐 아니다. 그는 전시장을 함께 다니며 일일이 설명까지 해주었다. 사진기자가 촬영을 하는 데도 특별히 배려해주었다. 나는 이 모든 것이 김국과 함께 있었기 때문에 가능한 일이라고 믿었다.

김국은 강관장에게 아무것도 묻지 않고 그저 듣기만 했다. '일은 네가 하는 것이니 묻는 것은 네 몫이다'라고 나에게 말하는 것 같았다.

그날 저녁 바닷가 감포에서 묵고 서울로 올라왔다. 그다음 날 출근을 했다가 나는 깜짝 놀랐다. 김국은 나에게 자기가 쓴 비용이 얼마나 되느냐며 수표를 불쑥 내밀었다. 사진기자와 내가 받은 회사 출장비에 국장이 묻어간 것이라 생각했던 나는 부끄러웠다. 게다가 김국이 이틀 동안 휴가를 냈다는 사실을 알았다.

∎∎∎

2000년 가을 한류 바람이 중국에서 시작될 무렵, 내가 작성한 기획안이 특집물로 채택되었다. 중국 본토에 들어가 그 내용을 취재해 오라는 것이었다. 마침 베이징과 상하이에서 대규모 공연이 준비되어 있었다.

김국이 회사 옆 커피점에서 잠깐 보자고 했다.

"언제 가니?"

"모레 가려고 합니다."

"얼마나?"

"4박5일이면 충분합니다."

"열흘 다녀와. 출장비 넉넉하게 줄 테니까."

"예?"

"가서 그냥 보고 노는 것도 공부하는 거니까, 충분히 보고 와."

나는 중국에서 '그냥 보고 놀면서' 편집국으로 전화를 걸었다. 편집국 분위기가 흉흉하다는 것을 직감했다. 『시사저널』의 경쟁지라는 곳에 게재된 김국의 인터뷰 파문 때문이었다. 돌아오는 비행기 안에서 나는 김국이 사표를 냈을 거라 생각했다. 돌아오니 예상대로 김국은 없었다.

■■■

김훈은 유명 소설가이기에 앞서 인터뷰를 잘하는 빼어난 기자였다. 『한국일보』에 재직할 때는 지면으로만 그를 대했으나, 『시사저널』에서는 기사화하지 않은 질문과 인터뷰 스타일을 곁에서 직접 볼 수 있었다. 지금도 기억나는 인터뷰는 바로 이것이다.

1990년대 중반 미당 서정주 시인이 부부 동반해서 러시아에 공부를 하러 갔다가 1년 만에 돌아온 적이 있다. 나는 인터뷰 자리에 필기구와 녹음기를 들고 덜렁덜렁 따라갔다. 첫 질문과 대답을 듣고 나는 포복절도했다.

김훈 선생님, 러시아 여자와 살은 대보셨습니까?
미당 이 사람아, 내가 지금 나이가 몇인데 그러나?

이것은 그대로 활자화되었다.

사실 나는 김훈의 마니아는 아니다. 고백하자면 김훈이 지은 책을 정독

한 것은 『칼의 노래』 한 권밖에 없다. 한국에서 한 번, 캐나다에서 또 한 번 읽었다. 나머지는 띄엄띄엄 읽거나 읽지 않거나 했다.

그런데 이상하게도 나는 『한국일보』의 '문학기행' 이후 김훈이 쓴 책들을 모두 가지고 있다. 한국에서 캐나다로 오는 분들은 내게 김훈의 신간을 들고 왔다. 『현의 노래』에 이어 『밥벌이의 지겨움』이 도착했고 『자전거 여행 2』가 또 왔다. 서울에 갔을 적에는 『2005년 황순원문학상 수상집』을 사서, 아내의 표현에 따르면 '아주 딱 징그러운 소설'인 「언니의 폐경」을 보았다.

김훈의 글을 모두 정독하지 못한 까닭은, 그의 독특한 문체가 독자를 여간 긴장시키지 않기 때문이다. 나는 아주 불편했다. 문체의 예리한 각이 만드는 긴장감을 즐기는 이들도 많지만 나는 아직도 김훈의 모든 글에 내재한 그것과 친해지지 못했다.

그러나 김훈이 '훈사마'라고 불린다는 사실을 듣고는 기분이 좋았다. 독자를 불편하게 만드는 문장이 어쨌거나 한국에서 널리 팔리고 읽힌다니까.

김훈의 소설 『칼의 노래』는 캐나다 한인 동포사회에서도 지금 가장 널리 읽히는 소설이다. 이곳 한국 서점에서 구입하거나 대여점에서 빌려 본다. 내가 빌려준 『칼의 노래』는 지금 어디에서 돌고 있는지 잘 모르겠다.

프랑스의 강운구, 한국의 브레송

2004년 8월 3일자 『토론토 스타』와 『글로브 앤드 메일』에는 낯설지만, 어디선가 많이 본 듯한 사진이 1면 사진 톱으로 실렸다. 앙리 카르티에 브레송의 1930~40년대 작품이었다. 그 사진 한 장만으로도 그 시대 분위기가 확 살아나는 듯한 인상을 받았다.

20세기 다큐멘터리 사진계의 거장 브레송이 97세를 일기로 2004년 8월 2일 세상을 떠났다는 뉴스와 함께 두 신문은 추모 기사를 각기 한 면에 걸쳐 게재했다. 미술평론가 피에르 고다르의 『토론토 스타』 기고는 일품이었다.

"브레송은 사진의 영혼을 바꾸어버렸다. 그가 아니었다면 뉴스나 전쟁, 패션 사진들이 오늘날의 모습을 갖출 수 없었을 것이다."

한국에서 기자 생활을 하면서 브레송에 대한 명성을 귀가 따갑게 듣고,

또 그의 작품 전시회에 관한 기사도 여러 차례 쓴 터여서 브레송의 타계에 대한 서구 사회의 반응이 여간 흥미로운 게 아니었다. 캐나다 토론토 신문들이 보이는 반응을 살펴보면 역시 그는 20세기 사진계의 전설로서 다큐 사진의 문법을 만들어낸 예술가였음이 확실하다.

왜 브레송인가?

사실 사진은 피사체를 복사하는 도구쯤으로 치부되어 브레송 이전에는 예술로서 대접을 받지 못했다. 그러나 1920~30년대 초현실주의 등 각종 미술 사조를 경험, 흡수한 브레송에게 카메라는 새로운 시각 장르를 창조할 수 있는 대단히 색다르고 유용한 도구였다.

브레송의 카메라에 포착된 현실의 장면은 그 자체가 한 편의 작품으로 탄생했다.

『토론토 스타』에 실린 1932년작 파리 생라자르 역의 풍경은 지금 보면 수많은 이야기를 담고 있다. 길바닥에 그득한 물, 침침한 하늘, 그 아래 보이는 지붕들은 양차 대전 사이의 음울하고 어수선한 시대 상황을 읽게 해준다. 한 남자는 뭐가 그리도 급한지 도로 위의 물을 훌쩍 건너뛰며 지나간다. 그가 점프한 모습은 물의 그림자로 찍혀 있고, 그 모습은 저 건너편 발레 포스터와 대조를 이루고 있다.

브레송의 사진은, 현실은 현실이되 현실 그 자체는 아니었다. 사진의 가장 기본적인 의무 사항인 시대를 기록했지만 단순한 기록으로 끝난 것이 아니었다. 그 시대의 이면까지 함축적으로 담았을 뿐만 아니라 사진 자체

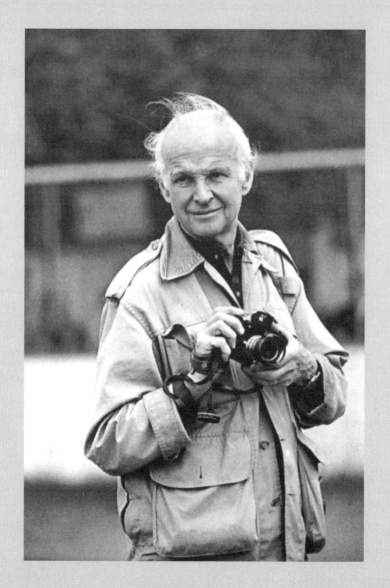

앙리 카르티에 브레송

앙리 카르티에 브레송, 장폴 사르트르, 1946.(위)

앙리 카르티에 브레송, 인도, 1948.(아래)

로서 예술성까지 두루 갖추었다. 일반 시각예술이 그렇듯 보는 이 각자가 지닌 취향과 소양, 느낌에 따라 사진의 내용을 달리 받아들이게 하는 예술의 힘을 느끼게 했던 것이다. 말하자면 다큐멘터리 사진을 예술의 반열에 올려놓은 최초의 주인공이 브레송인 셈이다.

브레송은 로버트 카파, 데이비드 침 시모어 등과 더불어 유명한 다큐 사진가 그룹 '매그넘'을 결성했을 뿐만 아니라, 사진으로 전세계를 사로잡은 『라이프』『보그』『바자』 같은 잡지들을 통해 다큐 사진의 가능성 및 영역을 끝없이 확장해갔다. 20세기 사진가 혹은 사진기자들 가운데 브레송의 영향을 받지 않은 이가 없으며, 브레송을 설사 몰랐다 하더라도 자기도 모르는 사이에 브레송의 영향을 받지 않을 수가 없었다.

사진기자들 사이에 돌아다니는 일화 하나.

전세계의 난다 긴다 하는 사진가들이 티베트의 달라이 라마를 취재하러 몰려든 적이 있다. 모두들 달라이 라마를 찍는 데 몰두하다가 일제히 카메라를 좌향좌해서 셔터를 눌러댔다. 달라이 라마가 그쪽으로 옮겨간 것이 아니었다. 그 왼쪽에서는 브레송이 달라이 라마를 향해 부지런히 셔터를 누르고 있었다. 사진가들에게는 브레송이 오랜만에 나타나 사진을 찍는 모습이 달라이 라마보다 훨씬 더 큰 뉴스거리였던 셈이다.

고급 카메라를 메고 다닌다 해서 다 사진가는 아니다. 누구나 사진을 찍을 줄 알지만 역설적으로 누구나 할 수 없는 것이기 때문에 다큐 사진은 어렵고 힘든 작업이다. 브레송의 사진을 보면 사진이 왜 예술인가를 어렵지 않게 느낄 수 있다.

　브레송을 이야기할 적마다 나는 한국의 다큐 사진가 강운구를 자연스레
떠올리게 된다. 물론 서구 중심의 '세계적인' 명성에서야 비교가 안 되겠
지만 나는 사진가 강운구가 작품의 예술성이나 사진의 내용 면에서, 그리
고 다큐 사진기로서의 정신적 측면에서 브레송과 어깨를 나란히 하거나
아니면 그를 넘어섰다고 믿는다.
　물론 강운구가 브레송으로부터 영향을 많이 받았겠지만 두 사람이 지닌
공통점 또한 여럿을 꼽을 수 있다. 우선 두 사람은 빼어난 인문주의자다.
브레송은 영국으로 건너가 문학을 공부했으며, 대학에서 영문학을 전공한
강운구는 글 또한 사진 못지않게 아름답고 힘이 있다.
　무엇보다 두 사람은 현실에 충실하고 정직한 사진가답게 사진뿐만 아니
라 행동으로 불의에 맞섰다는 공통점을 지니고 있다. 브레송은 2차 세계
대전 당시 레지스탕스 활동을 하면서 사망설까지 나돌았으며, 강운구는
1975년 『동아일보』 사태' 당시 사진기자로서는 유일하게 해직되어 30년
이 넘는 세월 동안 순탄치 않은 길을 걸어왔다.
　그러나 강운구에게 '동아사태'는 사진가로서는 새로운 길을 열어준 것
이나 다름없다. 그전부터 해오던 작업에 '자유' 기고가라는 확실한 날개를
달아준 것이나 마찬가지니까. 어쨌거나 강운구 덕분에 산업화의 광풍으로
하루아침에 사라진 유구한 전통의 한국 풍경이 지금 사진으로나마 고스란
히 남아 있다. 강운구는 "저 마을들이 비슷한 모양으로나마 살아 있다면

내 사진들은 폐기처분해도 아까울 것이 없다"고 말한다.

그가 1990년대 초부터 개인전과 사진집을 통해서 봇물처럼 쏟아낸 1960~70년대 한국의 풍경들은 한국의 산업화가 어떻게 잘못 진행되었으며, 필연적으로 어떤 결과를 낳았는지를 읽게 해준다. 산업화가 필연적인 일이라고는 하지만 군대 명령처럼, 북한의 속도전처럼 이루어진 한국의 산업화 바람은 가늠할 수 없는 폐해를 낳았다. 정신문화가 온전하다면 온 나라가 휘청댈 일이 훨씬 줄어들었을 것이다.

이야기가 다소 거창해졌지만 어쨌거나 강운구가 내놓은 사진은 바로 저 한국 산업화의 각종 폐해를 어떤 글보다도 강력하게 고발한다. 단순한 기록을 넘어 독재정부의 밀어붙이기로 진행된 산업화가 한국 사람들을 생각 없고 배부른 돼지로 어떻게 만들어갔는지를 담담하지만 확실하게 고발한다. 그렇다고 강운구의 사진에 주먹을 쥐고 시위를 하는 장면이 있다는 건 아니다.

강운구는 지금은 아무리 눈을 씻고 찾아도 찾을 수 없는 수천 년 전통의 마을 풍경을 담담하게 기록해두었을 뿐이다. 40대 이상의 한국 사람 가운데 강운구가 기록한 사진을 보고 가슴이 찡하지 않는 이는 아마도 없을 것이다.

강운구는 브레송이 내놓은 '결정적인 순간'이라는 작업 방법론을 넘어서고자 애를 쓴 사진가다. 그는 "결정적인 순간보다는 결정적인 장면을 바랐다. 결정적인 순간의 외마디말고, 감히 결정적인 장면의 촉촉한 정서와 진한 서사를 한꺼번에 바랐다"라고 쓰고 있다.

최근 「효자동 이발사」라는 영화를 보았다. 그 때문인지 모르겠으나 브레송과 강운구, 그리고 그들이 처한 시대 상황이라는 것이 자꾸 오버랩된다.

시끄럽고 재미난 世

캐나다 일간지와 벌인 한국인 '월드컵 싸움'

올해 월드컵이 열리는 것을 보니, 꼭 4년 전의 일이다. 캐나다 토론토에 사는 한인들이 캐나다 일간지를 상대로 싸움을 벌여 승리한 '쾌거'가 있었다.

2002년 6월 토론토의 한인들은 모처럼 어깨에 힘을 주고 다녔다. 한일 월드컵에서 한국팀이 승승장구하자 한인 사회는 고국 이상으로 열광했다. 한인회관, 한인타운, 심지어 각 한인 가정에서도 "대한민국"을 연호했고, 한인회관에서 한인타운까지 4강 축하 카퍼레이드까지 펼치기도 했다. 태극기를 걸고 거리를 질주하는 차량도 눈에 많이 띄었다. 다민족 사회에서 이만한 자랑거리는 흔치 않기 때문이다.

그 여세를 몰아 토론토 한인들은 그해 7월 들어 또 하나의 쾌거를 만들어냈다. 월드컵 대회 때 한국과 한국 축구를 악의적으로 비난했던 유력 신

『내셔널 포스트』는 보수적인 성향의 캐나다 전국지로, 2002년 월드컵 당시 한국을 깎아내리는 기사를 썼다가 혼쭐이 났다.

문 『내셔널 포스트』로부터 7월 19일 '항복 문서'를 받아낸 것이다. 캐나다 이민 40년 역사상 처음으로 한인 사회가 똘똘 뭉쳐 유력 신문과 맞섰고, 한국 축구처럼 매섭게 몰아붙인 끝에 사과문을 신문에 싣도록 만들었다.

『내셔널 포스트』는 『글로브 앤드 메일』과 더불어 캐나다 2대 전국지로 꼽히는데, 중산층 이상을 주독자층으로 하고 있다. 그해 6월 11일 『내셔널 포스트』는 "1999년 한국이 캐나다에 개고기를 수출하려 했다" "한국에서 노점상들이 목마른 월드컵 축구 팬들에게 개고기 주스를 팔고 있다" 따위 의 내용을 근거 없이 기사화했다.

한국이 스페인을 누르고 4강에 오른 직후에는 "심판이 한국의 기적을 도왔다"는 제목으로 "경고한다 : 한국을 응원하지 말라" "한국은 준결승에 오를 자격이 없다" "썩은 냄새가 진동한다"와 같은 악의적인 기사를 잇달아 내보냈다.

이같은 보도에 대해 한인들의 분노가 터져나오기 시작한 것은 6월 말. 그 분노는 한인 사회에 들불처럼 번져 7월 들어서는 『내셔널 포스트』 사태'에 조직적으로 대응하기에 이르렀다. 신문사에 대한 한인들의 개별적인 항의와 불매 운동 끝에 한인회, 한인실업인협회, 한인학생총연합회 같은 단체들이 언론대책위원회를 꾸리게 된 것이다. 대책위는 7월 18일 『내셔널 포스트』를 방문해 사과 날짜(7월 19일), 사과 주체(발행인), 위치(2면 오른쪽 중간), 사과문의 제목('캐나다 한국인들에 대한 사과문'), 내용, 지면 크기, 글자 크기까지 요구해 모두 관철했다.

『내셔널 포스트』에 대한 한인 사회의 강력한 반발은 다음과 같은 몇 가지 점에서 주목되었다. 먼저, 한인 단체가 주도한 '위로부터의' 운동이 아니라, 월드컵 응원을 위해 한인타운 도로에 모였던 것처럼 개인들이 '아래로부터' '자발적으로' 항의·불매 운동을 펼쳤다는 점이다. 토론토가 속해 있는 온타리오주에서 한인은 편의점업계를 장악하고 있다. 한인이 운영하는 편의점은 약 3천 개로, 온타리오주 전체 편의점의 80퍼센트를 차지한다. 바로 그 편의점들이 하나둘씩 『내셔널 포스트』를 가판대에서 내리기 시작했다. 이는 해당 신문 판매망의 마비를 의미한다. 한인 편의점들의 신문 안 팔기 운동은 해당 신문사에 큰 상처를 안기는 파괴력을 지니고 있었던 것이다.

두번째로 주목된 사실은, 캐나다의 유력한 언론 매체들이 한인 사회의 『내셔널 포스트』 불매 운동에 큰 관심을 보였다는 점이다. 캐나다 최고의 영향력을 자랑하는 일간지 『토론토 스타』는 물론 국영 방송 CBC 텔레비전과 라디오 등 주요 매체가 이 내용을 주요 기사로 잇달아 내보냈다. 7월 19일에는 "『내셔널 포스트』가 사과문을 게재함으로써 싸움이 일단락되었다"는 내용을 주요 뉴스로 보도했다.

캐나다로 이민 온 지 30년 가까이 되었다는 한 교민은 "캐나다 유력 언론들이 한인 사회의 뉴스를 이렇게 크게 다룬 것은 처음 본다. 더군다나 그렇게 빨리 성과를 얻어내다니 그저 놀랍고 기쁘다"라고 말했다.

하늘엔 러브호텔 떠 있고?

캐나다에 새로운 개념의 '러브호텔'이 등장해 화제가 되고 있다. 한국에서는 러브호텔이 독버섯 취급을 받는 반면, 캐나다판 러브호텔은 유력 언론으로부터 '신기하고 매력적인 여행 상품' 대접을 받고 있다. 몇 해 전 일간지 『토론토 스타』를 비롯한 각종 매체들은 신종 러브호텔을 앞다투어 기사화했다. 이름하여 '사랑의 비행선'(www.loveair.ca)이다.

사랑의 비행선이 운항하기 시작한 것은 2002년 7월 말. 캐나다 서부 밴쿠버 인근에 자리잡은 '브리티시 컬럼비아 에어라인'이 다른 두 회사와 손잡고 여행 상품으로 개발했다. 매주 평균 3회 운항하는 이 비행선은 여행 시장에 나오자마자 단번에 인기 상품으로 떠올랐다. 이 상품을 내놓은 회사조차도 여행객들의 폭발적인 반응에 얼떨떨하다는 표정이다.

"사업을 시작할 때 우리는 1년에 단 10회만 운항해도 성공이라고 생각했다. 반응이 이렇게 좋을 줄은 예상하지 못했다."

이 여행 사업의 관계자 가운데 한 사람인 콜린 모어스 씨의 말이다.

사랑의 비행선이 이처럼 각광을 받는 까닭은 간단하다. 여행 자체가 단순하고 직설적인데다 스릴이 넘치기 때문이다. 일종의 러브호텔로 이용되는 경비행기는 원래 관광객 몇 명을 태우고 바다와 산맥 위를 비행하던 것이었다. 관광용 경비행기이다보니 바깥을 내다볼 수 있는 창문이 많이 달려 있다. 사랑의 비행선 기획자들은 이 비행기의 좌석 절반을 치우고 그 자리에 매트리스를 하나 깔았다. 승객은 절반으로 줄어든 대신, 그 비행기에 오르는 승객 커플은 단둘이서 자리에 누워 바깥 풍경을 감상하며 두 사람만의 호젓한(혹은 뜨거운) 시간을 즐길 수 있다.

사랑의 비행선은 이렇게 호객 행위를 한다.

"새롭고 환상적인 세계를 열망하는, 모험심에 불타는 커플들이여 오라! 그대들에게 저 높은 창공에서 사랑에 빠질 기회를 제공할 터이니. 두려워 말라. 다른 승객이나 승무원이 그대들을 엿볼 염려는 절대로 없으니까."

탑승 비용은 최소 30분 비행에 250캐나다달러(약 21만 원). 그 시간이면 적어도 약 1,600미터 상공까지 올라갈 수 있다. 350캐나다달러를 지불하고 아내와 함께 한 시간 동안 이 비행선을 탔다는 한 남자는 『토론토 스타』와의 인터뷰에서 "이 비행은 매우 신기했으며 우리를 흥분시켰다. 가장 높은 곳에 올라갔을 때 날씨가 갑자기 나빠졌다. 그래서 우리는 더 새로운 경험을 할 수 있었다"라고 말했다.

커플과 함께 경비행기에 오르는 조종사는 승객을 엿볼 겨를도, 방법도 없다. 승객석과 조종석 사이에 커튼이 쳐져 있으며 조종사는 헤드폰을 끼고 있다. 조종사는 그 헤드폰을 통해 지상에서 보내는 '공중 교통 방송'을 들어야 한다. 그뿐 아니라 비행기 소음 때문에 커튼 뒤에서 나는 소리를 들을 수가 없다.

이륙한 비행기가 본궤도에 접근하면 커플은 좌석 안전벨트를 풀고 매트리스로 옮겨가 눕든 앉든 할 수 있다. 비행기가 약 6백 미터 상공에 오르면 조종사는 커튼 너머로 노란 깃발을 들어올려 뒷자리 승객에게 신호를 보낸다. '비행기가 오를 때까지 올랐으니 무엇이든 하시오'라는 표시이다. 두번째 깃발은 승객이 자기 자리로 돌아가 안전벨트를 매기 5분 전에 올라간다. '돌아갈 때가 되었으니 이제는 일을 마무리하시오'라는 표시이다.

지상에 내려온 커플은 일종의 자격증을 받는다. '지상에서는 도저히 맛볼 수 없는, 진정으로 로맨틱한 모험을 한 사람'에게 주는 공중 러브호텔 경험 자격증이다. 이와 함께 기념품까지 받는데, 그것은 승객이 사용했던 붉은색 침대 시트이다.

사랑의 비행선 수석 조종사인 댄 오버리언 씨는 "승객은 20대 초반부터 50대 후반까지 매우 다양하다. 지금까지 특별한 문제는 없었다. 다만 공중에서 무슨 대단한 일을 한 것인 양 난리를 떠는 손님이 가끔 있을 뿐이다"라고 말했다.

정권 뒤바꾼 9백억 원 부패 스캔들

비교적 깨끗한 이미지를 지니고 있는 캐나다도 역시 사람이 사는 곳이어서 부패한 구석이 없지는 않다. 그 랭킹을 꼽으라면 정치권이 단연 선두이다. 한국에 견주어 약간 다른 점은, 한번 불거진 부패 사건이 다음 선거에 반드시 영향을 끼친다는 사실이다. 부패 사건에 대해 유권자들은 그만큼 기억을 잘하기 때문이다. 언론 또한 유권자들이 투표로 응징할 때까지 정치인들의 부패를 끊임없이 환기시킨다.

2006년 벽두에 자유당은 집권 13년 만에 연방정권을 보수당에 넘겨주었다. 장기 집권에 따른 유권자들의 견제 심리도 작용했겠지만, 정권 교체의 가장 큰 요인은 꼭 2년 전에 터진 집권 자유당의 대형 부패 스캔들이었다.

2004년 1월에 전모가 공개된 대형 추문은 캐나다 역사상 최대·최악이라는 기록을 가지고 있다. 정치권은 발칵 뒤집혔다. 자유당 내에서 벌인

파워 게임에서 장 크레티앙을 몰아내고 자유당 당수 겸 캐나다 총리에 오른 폴 마틴은, 크레티앙 재임 중에 발생한 추문을 뒤집어쓰고 집권 2년 만에 권좌에서 내려오고 말았다.

2년 전 1월 10일, 쉴라 프레이저 캐나다 감사원장은 1997~2001년 연방 정부가 퀘벡주의 각종 기관에 후원금을 지급하는 과정에서 천문학적인 돈이 증발했다고 발표했다. 그 발표 이후 캐나다 정계는 벌집 쑤신 듯 시끄러웠다. 그 여파는 자유당 정권이 무너질 때까지 계속되었다.

당시 캐나다 감사원의 발표가 충격적이었던 까닭은 장 크레티앙이 자유당 당수 겸 연방 총리 자리에서 물러난 지 불과 2개월 만에 터져나왔기 때문이다. 크레티앙이 자기를 몰아낸 폴 마틴에게 보복을 한 것이 아니냐는 관측도 나돌았다.

■■

장 크레티앙 전 캐나다 총리. 같은 당 소속의 숙적 폴 마틴의 '밀어내기' 에 의해 물러났으나 부시 미국 대통령의 이라크 파병 요청을 거절하는 등 총리 재임 중에 빛나는 업적을 많이 남겼다.(위)

폴 마틴 전 캐나다 총리. 10년 와신상담 끝에 장 크레티앙을 몰아내고 총리직에 올랐다. 그러나 자유당 정권의 부패 실상이 드러나는 바람에 뜻을 펴보지도 못한 채 야당에 정권을 넘겨주고 말았다.(아래)

장 크레티앙과 폴 마틴은 자유당이라는 한 배를 타고 있으며 정권도 인계인수해 아주 사이좋은 선후배처럼 비치지만, 실상은 서로를 못 잡아먹어 으르렁대는 숙명의 라이벌이다. 한국의 두 김씨보다 더한 라이벌 관계로 보면 정확하다.

크레티앙은 10여 년 전부터 자유당 당수 경선에서 자기에게 도전장을 낸 폴 마틴을 끊임없이 견제해왔다. 총리 재임 때에는 재무장관에 앉혀 가까이에서 '감시'를 하기도 했다. 캐나다에서는 라이벌을 내각으로 끌어들이는 것이 전통으로 굳은 정치 문화이기도 하다.

폴 마틴은 10년이 넘게 장 크레티앙으로부터 '왕따'에 가까운 수모를 겪으면서도 재무장관 시절 국가 재정을 흑자로 돌리는 등 탁월한 역량을 과시하며 기어이 총리 자리에 올랐다. 와신상담형 지도자인 것이다. 그는 연방 총리가 되자마자 자유당의 크레티앙 인맥을 단칼에 제거했다. 여걸로 꼽히는 해밀턴 출신의 쉴라 캅스 연방의원이 지난번 연방선거에서 공천을 받지 못한 것이 대표적인 사례이다.

감사원의 발표 내용을 담은 '프레이저 보고서'의 내용은 장 크레티앙 정부가 1997년부터 총 2억 5천만 캐나다달러(약 2,250억 원)에 달하는 공적 자금을 후원금 명목으로 퀘벡주의 여러 단체에 지원했는데, 그 가운데 1억 달러(약 9백억 원)가 근거 자료 없이 사라졌다는 것이다. 중간에서 누가 착복했다는 것이 핵심이다. 1년 6개월 동안 이 사건을 조사했다는 프레이저 감사원장은 "내용이 너무 충격적이어서 처음에는 내 눈을 의심할 정도였다"라고 밝혔다. 그만큼 기기묘묘한 수법으로 국민의 혈세가 사라졌다는 애기다.

사건이 터진 배경은 1995년으로 거슬러 올라간다. 툭하면 연방에서 분리 독립을 하겠다고 으름장을 놓는 프랑스어권 퀘벡주에서 1995년 분리 여부를 묻는 주민 투표가 실시되었다. 결과는 51퍼센트 대 49퍼센트. 1퍼센트 차이로 아슬아슬하게 부결되었다. 당시 장 크레티앙 총리는 가슴을 쓸어내렸다. 그 자신이 퀘벡주 출신이기도 하지만, 총리 재임 시절 나라가 두 동강이 날 뻔했기 때문이다. "만일 주민 투표가 가결되었다면 군대를 동원해 진압할 계획을 세웠다"고 크레티앙은 훗날 털어놓았다. 그만큼 긴박한 상황이었다.

퀘벡주의 연방 분리 시도가 간발의 차로 부결되자 크레티앙은 퀘벡주에 군대가 아닌 '당근'을 실어다주면서 분리 움직임을 무마하기 시작했다. 캐나다 국기를 내걸고 하는 퀘벡주의 모든 행사에는 자금을 지원했다. 퀘벡주의 평범한 축구팀이 지원금을 달라고 해도 선뜻 내주었다. 물론 다른 주에서 비슷한 일로 지원 요청을 하면 어림 반푼어치도 없었다.

2년 전 이 사건이 불거졌을 때 폴 마틴 총리는 "나와는 상관없는 일이다"라며 분명하게 선을 그었다. 그러나 보수당과 신민당(NDP) 등 야권은 "당시 재무장관이었던 폴 마틴이 몰랐을 리가 없고, 몰랐다면 직무유기"라며 자유당 정부를 압박했다. 책임지지 않고 발뺌만 한다면 '캐나다판 워터게이트 사건'이 될 수도 있다는 경고까지 나왔다.

총리에 재직한 2년 남짓한 기간에 이 문제로 골머리를 앓던 폴 마틴은 '자유당의 대표선수'로서 결국 유권자들의 심판을 받고야 말았다.

음주운전은 만국 공통의 '공공의 적'

몇 년 전까지만 해도 '약간은 괜찮다'며 음주운전에 관대했던 캐나다가 최근 들어 처벌 강도를 대폭 강화하며 음주운전과의 전쟁을 선포하고 나섰다.

캐나다의 주정부들은 '소량은 허용한다'는 정책을 버리고 강력한 단속에 경쟁적으로 돌입했다. 음주운전으로 인한 대형 사고가 잇따르기 때문이다. 캐나다 최대의 주인 온타리오주는 벌써 2년 전부터 강력한 음주운전 단속을 실시해왔다. 주정부가 내놓은 방안은 한국의 '삼진 아웃제'보다 훨씬 더 강력하다. 음주운전으로 두 번만 걸리면 평생 운전대를 잡을 수가 없다.

종전에는 음주운전으로 두 번 유죄 판결을 받으면 2년 동안 운전면허가 취소되었다. 온타리오주 정부가 평생 면허 박탈이라는 초강수를 들고 나

■■
교통 단속을 하는 토론토 경찰. 캐나다에서는 속도 위반, 멈춤 사인 위반 등을 적발하는 '함정 단속'이 일상적으로 벌어진다. 음주 단속도 마찬가지다.

온 까닭은, 온타리오주에서만 해마다 1만 6천여 명이 음주운전으로 적발되는데다 그 수가 점점 늘어나고 있으며, 그 가운데 25퍼센트가 재범으로 나타났기 때문이다.

평생 면허정지를 당한 무면허 운전자가 운전을 하다 적발되면 그 자리에서 자동차를 압수당한다. 한국과는 비교할 수 없이 땅이 넓고, 또 한국과는 비교할 수 없이 대중교통이 미비한 캐나다에서 운전대를 놓으라는 것은 '살지 말라'는 것과 비슷한 말이다. 그만큼 가혹한 형벌이다. 자동차가 없으면 생필품조차 쉽게 살 수 없다.

얼마 전 토론토 북쪽 소도시 베리 지방법원은 음주운전에 관해 가장 엄중한 판결을 내렸다. 상습 음주운전자를 '장기 보호관찰' 대상에 포함한 것이다. 이는 상습 음주운전자를 파렴치한 성폭력범이나 폭행범과 똑같이 취급한다는 뜻이다. 상습범이 어떤 험한 꼴을 당할 수 있는가를 확실하게 보여준 시범 사례이다.

베리 시에 살고 있는 팀 앨런(37세)이라는 운전자가 본보기로 걸려들었다. 과거 행적을 보면 그는 사실상 파렴치범이다. 앨런은 1984년 이후 열두 번이나 사고를 냈다. 음주운전으로 입건된 것만 해도 20여 차례에 이른다. 물론 평생 운전면허도 가질 수 없게 되었다.

얼마 전 그는 음주운전으로 사고를 내 징역 3년형을 선고받았다. 당시 그는 담당 판사에게 깊이 반성하고 있으니 선처해달라는 눈물 어린 하소연과 함께, 일단 풀어주기만 하면 재활 프로그램에 들어가 병을 고치도록 하겠다고 서약해 집행유예로 풀려났다.

그러나 그는 감옥에서 나오자마자 또 술에 취해 차를 몰았다. 남의 차를 또 들이받았다. 사고를 당한 차량에는 젊은이 세 명이 타고 있었는데, 그중 한 명이 크게 다쳤다. 팀 앨런이 음주운전 사고로 다시 붙들려 오자 베리 검찰청은 그를 '폭탄'과 같은 존재로 규정하고 '장기 보호관찰' 대상으로 지정해달라고 법원에 요청했다.

범법자가 장기 보호관찰 대상자로 지정되면, 실형을 살고 나온 뒤에도 10년 동안 가장 가까운 감독기관에 정기적으로 동향을 보고해야 한다. 한국으로 치자면 간첩죄를 저지른 사람에게나 적용될 법한 처분이다. 1996

년에 캐나다가 처음 도입한 이 법이 음주운전자에게 적용된 것은 이번이 처음이다.

캐나다에는 음주운전과 전쟁을 벌이는 민간 시민단체도 있다. '음주운전과 싸우는 어머니회'라는 이 단체는 경찰에게 좀더 강력한 권한을 주어야 한다고 주장하고 있다. 음주 여부가 불확실해도 운전자를 차에서 내리게 해 측정할 수 있는 권한을 경찰이 가져야 음주운전을 줄일 수 있다는 것이다. 간단하게 말하면, 한국과 비슷한 음주단속법을 도입하라는 주장이다.

현재 캐나다의 여러 주에서는 연말을 빼고는 차량을 막고 단속하는 경우가 거의 없다.

갈색 향이 빚어내는 지적 활동의 윤활유

보통의 한국 사람이라면 커피에 관한 한 거의 모두가 전문가 수준이다. "커피 한잔 합시다"라는 말에서 알 수 있듯이, 커피는 한국 사람들에게 차나 음료를 대표하는 보통명사로 자리잡았기 때문이다. 음식점 못지않게 많은 곳이 커피점과 다방이며, 도시의 빌딩은 전부가 커피점이나 다름없다. 자판기를 한두 대 갖춰놓지 않은 곳을 찾아보기 어려운 것이다.

게다가 1960~70년대의 그 유명했다는 '양지다방'이며 '학림다방'의 전설, 곧 이들이 고담준론의 장으로서 문화 사랑방 구실을 했다는 사실 등 커피와 관련한 저마다의 추억이 살아 있는 것을 보면, 커피는 어떤 음료보다 가까운 기호식품으로 한국 사람들에게 사랑을 받아왔다. 누구든, 언제든 손만 내밀면 먹을 수 있는 음료가 커피인 까닭에 '커피 마니아'가 따로 있을 리 없다.

그러나 누구나 쉽게 접근할 수 있는 가장 보편적인 음료라는 데서 커피에 대한 오해와 무지가 생겨난다. 그 많은 사람들이 커피를 마시고 있으나, 커피가 지닌 독특한 성격과 맛을 알고 마시는 사람은 그리 많지 않다. '커피라면 모두 비슷하겠거니' 여기는 통념 때문이기도 하거니와, 한국에서는 커피를 선택해 마실 수 있는 환경조차 마련되지 않은 탓이다.

불과 몇 년 전까지만 해도 나는 커피를 다른 사람보다 많이 마신다는 사실 하나만으로 커피를 비교적 잘 안다고 자부해왔다. 하루 예닐곱 잔이면 보통은 훨씬 넘는 수준인데다 중학교 시절부터 마셨다는 만만치 않은 경력을 지녔기 때문이다.

10년 전부터 이른바 '원두커피'를 집에서 직접 내려 먹기는 했으나, 얼마 전까지만 해도 나는 인스턴트커피 애호가였다. 인스턴트 가운데서도 'MJC커피'에서 맥스웰로, 맥심으로, 네슬레 같은 브랜드로 넘어갈 때 잠시 즐거워했을 뿐 80년대 중반에 처음 접한 커피 메이커며 사이폰 커피에는 별반 관심이 없었다. 원두커피라 불리는 커피들이 인스턴트를 압도할 만한 미각적인 충격을 단 한번도 주지 않았던 탓이다.

커피의 참맛에 대한 신선한 충격은 역시 해외 출장을 통해 경험할 수 있었다. 1995년 제49회 칸 영화제의 프레스센터에서 받은 에스프레소의 진한 충격, 그해 여름 유럽 미술관을 돌면서 로마, 피렌체, 파리, 런던 같은 도시에서 만난 새로운 커피들.

내가 남들에게 '커피를 좀 유별나게 마신다'는 소리를 듣게 된 계기는 뉴욕에서 생겨났다. 1996년께부터 나는 휴가를 내든 취재거리를 만들어서든, 해마다 '기를 쓰고' 뉴욕에 갔다. 기자로서 '현대 예술의 메카'라는 뉴욕의 펄펄 살아 움직이는 현장을 직접 보겠다는 욕심 때문이었다. 나는 거기서 비로소 커피의 참맛과 만났다.

뉴욕 소호의 갤러리 전속 작가로 활동 중인 화가 이모 씨가 나에게는 커피 메신저였다. 그는 내가 뉴욕에 갈 때마다 소호와 첼시의 화랑가 순례를 시켜주었다. 한 번에 사나흘씩 계속되던 화랑가 순례는 커피점에서 시작해 커피점으로 끝났다.

먼저 소호 중심에 있는 커피점 '바리.' 그 화가는 '백남준 선생이 즐겨 찾는 곳'이라고 소개했다. 투박하게 생긴 하얀색 머그잔에 진한 커피를 따르고 생크림을 잔뜩 넣어 먹게 하는, 국내에서는 좀처럼 보기 힘든 스타일을 내놓았다. 창밖을 바라보게 만든 높고 좁은 테이블에 앉아 커피의 부드럽고 고소한 맛을 즐기며 거리를 지나치는 다양한 인종의 예술가들을 구경하는 것도 색다른 즐거움이었다.

두번째는 지난해 한국에도 들어온 스타벅스. 지금은 그리 좋아하지 않지만, 나는 스타벅스의 에스프레소를 한 모금 마신 뒤 '커피가 어떻게 이럴 수 있을까' 의아해했다. 스타벅스의 장기는 간단히 말하면 커피콩을 강하게 볶아 커피를 진하게 만든다는 것이다. 쓴맛과 단맛 등 커피의 맛을 느끼기도 전에, '강하다'는 데서 오는 충격이 만만치 않다. 그 충격은 다시금 스타벅스를 찾게 하는 묘한 매력을 지니고 있다.

마지막은 소호 뒷골목에 있는, 커피를 직접 볶는 자그마한 커피점이었다. 가게 넓이는 중고등학교의 복도를 10미터 정도 잘라놓은 듯했는데, 벽에다 작은 테이블 네 개를 붙여놓았다. 갓 볶은 그 자리에서 직접 갈아 손님에게 내주는 것을 나는 처음 구경했다. 맛도 맛이지만 바깥에까지 풍겨 나오는 커피의 진한 향에 단번에 매료되었다.

서울로 돌아오는 나의 여행 가방에는 스타벅스며 던킨도너츠 같은 대중적인 커피뿐 아니라, 소호의 그 뒷골목에서 볶은 커피가 항상 몇 봉지씩 들어 있었다. 뉴욕에 사는 친구는 커피가 떨어질 때가 되면 서울로 오는 인편에 커피를 몇 봉지씩 보내주곤 했다.

그때까지만 해도 커피에 대한 허기와 갈증을 인스턴트로 대충 때울 수 있었다. 커피의 생명이라고 할 수 있는 '신선한 맛'을 잘 몰랐기 때문이다. 뉴욕에서 공수해 온 커피가 가장 신선한 것인 양 신봉하던 나에게, 서울에서 발견한 커피는 또 다른 충격으로 다가왔다. 서울에도 생두를 직접 볶아 손으로 추출해주는 '스페셜티 커피 전문점'이 여러 곳 생겼다는 사실을 나는 까맣게 모르고 있었다. 수는 비록 많지 않지만 그 커피점들은 최소한 서울에서 마시는 커피 가운데 가장 좋은 맛을 내고 있었다.

그 이유는 간단하다. 커피나무에서 딴 생두는 1년이 지나도 그 성질이 별로 변하지 않는다. 반면, 생두를 볶아 원두로 만들면 2주일 안에 커피의 다양한 맛이 모두 사라져버린다. 생두는 커피 볶음기에서 220~230도의 열을 받아 내부 조직이 물리·화학적으로 변한다. 변화하는 과정에 커피 특유의 맛과 향이 생성되는데 커피향은 휘발성이 강해 원두가 공기에 닿는 순간부터 달아나기 시작한다.

■■
미국의 최강자인 스타벅스는 팀 호튼스의 위세에 눌려 별
다른 힘을 쓰지 못하고 있다.(위)

캐나다 최대의 커피 프렌차이즈인 팀 호튼스. 캐나다의 전
설적인 하키 선수인 팀 호튼의 이름을 따서 만든 커피점으
로, 몇 해 전 미국의 웬디스에 넘어간 뒤에도 캐나다 사람
들로부터 가장 큰 인기를 끌고 있다. 출근길에 커피 한 잔
을 마시기 위해 길게 줄을 선 이같은 풍경은 팀 호튼스 어
디에서든 흔히 볼 수 있다.(아래)

진공 포장을 하거나 원두를 비닐봉지에 꼭꼭 싸서 냉동실에 보관하는 수도 있지만, 그 어떤 경우라도 달아나는 커피향을 잡을 수는 없다. 커피를 즐기는 최상의 방책은, 갓 볶은 원두를 향이 달아나기 전에 갈아서 마시는 것이다.

　　나는 1999년 초 서울에서 제대로 된 커피를 처음 맛보았다. 내가 나 스스로를 '마니아'라고 부르기에 주저하는 까닭은, 진정한 커피와 만난 것이 2년도 채 되지 않기 때문이다. 그전에도 커피의 정수와 만난 적은 있으나 커피의 맛을 알고 조금씩 공부해가며 찾아들기 시작한 것은 얼마 되지 않는다.

　　서울에서 '커피의 참맛은 바로 이것'이라는 점을 깨닫게 해준 곳은 서울 안암동 고려대 후문 쪽에 있는 '인터내셔널 커피하우스 보헤미안'이라는 커피 전문점이다. 보헤미안 커피의 진수는 강하게 볶은 커피를 강하게 추출하는 데서 나오는 진하고 풍부한 맛이다.

　　모르고 마시는 이들에게도 보헤미안의 커피는 '진하다'라는 첫인상 외에 '커피가 참 맛있다'라는 느낌을 준다. 커피가 살아 숨쉬기 때문이다. 커피를 좋아하는 이들은, 커피를 분류하는 가장 단순한 방법으로 '살아 있는 커피' '죽은 커피'라는 말을 쓴다. 살아 있는 커피는 말 그대로 커피 고유의 맛이 싱싱하게 살아 있다는 뜻이고, 죽은 커피는 커피의 맛과 향이 다 사라진 채 쓴맛만 남았다는 것을 의미한다.

　　보헤미안의 주인은 혜화동에서 시작해 13년째 커피 전문점을 운영하고 있는 박이추 씨. 1950년 일본 규슈에서 태어나 고등학교를 마치고 귀국한 뒤 목장을 경영하다가 '커피의 길'에 들어선, 한국에서 손꼽히는 전문가 가운데 한 사람이다. 그는 1980년대 중반 '평생을 걸 만한 일거리'를 찾다가 커피와 만났다. 일본 도쿄로 돌아가 2년 동안 커피 전문 학원을 다니며 공부한 뒤 서울에 커피 전문점을 열었다.

박씨는 '커피를 추적한다'라는 말을 즐겨 쓴다. 그것은 책을 통해서든, '실전'을 통해서든 커피를 끊임없이 공부한다는 뜻이다. 그는 일본에서는 배우지 못한 커피 볶기를 수없이 되풀이하면서, 볶은 커피를 일본에 보내 검증받는가 하면 국내 전문가에게 맛을 보이며 원두의 질을 정기적으로 점검해왔다.

그는 사나흘에 한 번씩 커피콩을 볶는다. 좀더 손쉽게 볶을 수 있는 모터 달린 기계가 국산으로도 여러 종 나와 있으나, 그는 가스불 위에 원통을 올려 돌리는 다소 고전적인 방식을 유지하고 있다. 불 위에서 원통을 돌리는 속도와 시간, 커피의 볶음 상태, 콩을 분쇄하는 방법, 물의 종류, 물의 온도 등에 따라 커피는 맛이 달라진다. 박씨는 13년 동안 커피를 '추적'해오면서 진하면서도 입 안을 가득 채우는 커피의 풍부한 맛을 만들어냈다.

"커피에는 사람을 사로잡는 깊은 에너지가 숨어 있다. 커피가 지닌 진가를 뽑아내 사람들에게 알려주고 싶다"라고 그는 말했다. 커피를 모르는 사람도 에스프레소 같은 강한 커피를 마시면 '맛있다'는 느낌을 가질 수 있도록 커피가 지닌 강력한 힘을 뽑아내는 데 주력한다는 것이다.

나는 그를 '사장님'이 아니라 '선생님'이라고 부른다. 실제로 그에게 가르침을 받고 있기 때문이다. 그는 자기 방식을 남에게 강요하지 않는다. 사람이 커피를 이용할 게 아니라, 커피가 지닌 맛과 에너지를 각자 개성에 맞게 뽑아내라고 가르친다.

내가 그에게서 커피를 배우는 곳은 보헤미안에서 매달 둘째, 넷째 수요일 저녁 7시에 여는 커피 교실이다. 보헤미안에서는 그 시간만 되면 '손님이 왕'이 아니라 '커피 교실 수강생이 왕'이 된다. 공부에 방해가 된다고 음악도 틀지 않는다. 커피 교실 수강생들은 가장 좋은 자리에 앉아 커피 한 잔 값(3,000원)의 수강료를 내고 최고급 커피를 적어도 서너 잔 마실 수 있다.

박씨는 일반인을 대상으로 한 커피 교실을 열 뿐만 아니라 1995년에는 커피점 경영자, 커피회사 관계자들과 함께 한국커피문화협회를 설립해 초대 회장을 맡았다. 지금은 그 협회 고문으로 있다. 커피 전문점이라는 '장사'를 하면서도 그는 "먹고살 정도면 된다. 내 목표는 국제적인 음료인 커피를 한국 사람뿐 아니라 미국인과 일본인의 입맛에도 맞게 하는 것이다"라고 말했다. 그는 그 꿈과 목표를 이루기 위해 올해 안에 '조용히 커피를 연구할 수 있는 곳'을 찾아 강원도 두메로 삶의 터전을 옮긴다.

내가 만난 커피 전문가들은 거의 예외 없이 박이추 씨처럼 '커피 전도사'들이었다. 커피점을 운영하든, 커피회사에 근무하든 커피를 조금이라도 안다는 이들이 전도사가 될 수밖에 없는 이유가 있다. 단순히 커피 시장을 넓히고자 하는 것이 아니다. 커피는 파고들면 들수록 어렵고, 어려운

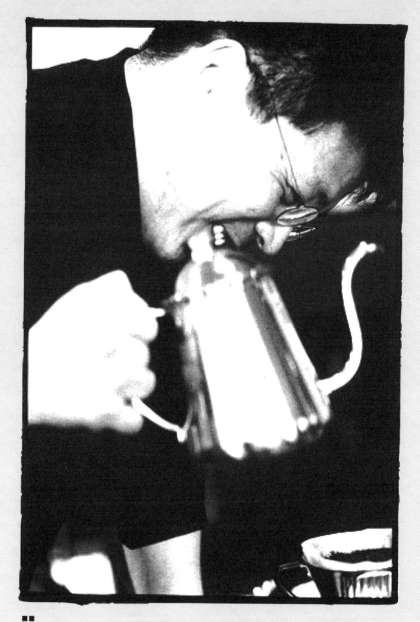

■■
나는 한국에서 '좋은 커피 만들기' 라는 특별한 취미 활동을 했다. 서울 은평구에서 커피점 겸 갤러리를 운영했던 조각가 황진
씨가 찍은 사진이다.

만큼 혼자서는 공부할 수 없는 특이한 음료이기 때문이다. '좋은 커피를 맛보기 어렵다'는 사실 자체가 나에게는 커피가 지닌 가장 큰 매력으로 보인다.

현대인들에게 가장 보편적인 음료로 자리잡은 커피, 그런데 알고 보면 얼마나 어려운 음료인지를 아는 것은 그다지 어려운 일이 아니다. 커피나무는 북위 25도에서 남위 25도 사이의 '커피 존'에서만 자란다. 커피 품종은 크게 세 종류로 나뉜다. 총생산량의 75퍼센트를 차지하는 아라비카와 24퍼센트의 로부스타, 그리고 지금은 생산량이 미미한 리베리카이다.

먼저, 한국인이 가장 즐겨 먹는 로부스타부터 이야기하자. 이 커피 종은 잡초처럼 끈질긴 성격을 지니고 있다. 환경에 민감한 아라비카와는 달리 척박한 땅에서도 잘 자라며 서리나 가뭄에도 강하다. 아무 곳에서나 쑥쑥 잘 자라는 대신, 맛이 쓰고 거칠며 향이 약하다. 값도 저렴해 고급 커피와 배합해 커피의 가격을 낮추는 역할을 하고 인스턴트커피의 주재료로 사용된다.

한국의 커피 소비량은 로부스타로 만드는 인스턴트가 85퍼센트를 차지한다. 한국전쟁을 겪으면서 미군에서 흘러나온 'C 레이션' 깡통으로 커피를 마시던 전통이 확고하게 뿌리를 내렸기 때문이다. 한국에서 커피를 생각할 때 사람들은 '쓴맛'을 가장 먼저 떠올리는데, 그것은 바로 향기가 거의 없는 로부스타가 커피의 대명사로 자리잡은 데서 연유한다.

그러나 한국 바깥에서 일반적으로 '커피'를 일컬을 때는 아라비카를 의미한다. 커피 존의 해발 1천 미터가 넘는 산악지대에서 수확하는 커피가 아라비카 종이다. 아라비카는 고산지대에서 생산될수록 고급 커피로 대접받는다. '커피의 황제'라 불리는 블루마운틴은 해발 2천 미터 이상에서만 재배되는 자메이카산 커피다.

아라비카 종도 생산 국가, 도시, 농장에 따라 성격이 천차만별이다. 커피의 이름도 생산 국가, 선적항, 생산 지역, 원두의 등급 등에 따라 붙인다. 이를테면 '브라질 산토스 버번'은 '브라질에서 재배되어 산토스 항을 통해 수출된 버번 종 커피'를 의미한다. 수준급에 올라 있는 아라비카 종 커피라면 이름만 가지고도 족보를 알 수 있는 것이다.

커피에서는 족보를 파악하는 일이 무엇보다 중요하다. 족보에 따라 맛이 다르기 때문이다. 족보가 있는 커피라면 기본적으로 신맛이 나게 마련이지만 탄자니아 커피는 그중에서도 신맛이 좋다. 탄자니아의 최고봉 블루마운틴은 부드러운 커피로 정평이 나 있다. 코스타리카 커피는 묵직하면서도 쓰고 입 안에서 팡팡 튀는 맛을 지녔다. 케냐산 커피의 진수를 맛보면 신맛에서 커피의 품격을 느낄 수 있다.

족보를 파악했다고 해서 커피의 맛을 다 알 수 있는 것은 아니다. 커피 전문점을 경영하는 이들은 대체로 자기가 갈고닦은 노하우를 전달하는 데 너그럽다. 이를테면 이런 식이다. '나는 물은 어떤 것을 쓰고, 원두는 어느 수준에서 볶으며, 배합은 어떻게 하고, 물 온도는 어떻게 한다'는 것을 거리낌 없이 이야기해준다. 커피 전문점 경영자들이 인간성이 유별나게 좋아서가 아니다. 자기가 가진 방식을 남에게 아무리 전해줘도 똑같은 커피를 추출하기가 불가능하다는 사실을 너무나 잘 알고 있기 때문이다.

　나는 '커피 내리는 법'을 가르쳐주지 않는 집을, 얼마 전 일본 커피 여행에서 처음 보았다. 오사카에 있는 '마르푸쿠'라는 그 커피점은 1934년에 문을 연 뒤 그 자리에서 한 번도 움직이지 않은 채 지금까지 예전 분위기를 그대로 유지하고 있다. 그 집에서 마실 수 있는 커피는 여러 커피를 혼합한 블렌드 커피와 블렌드 아이스 커피가 전부다. 한 모금 마시면 정신이 번쩍 들 정도로 강한 탕약 같은 커피다. "어떻게 뽑았기에 잔에 커피가루가 남느냐"고 물으면 종업원마다 답이 다르다. 결국 가르쳐주지 않겠다는 얘기다.

　그것은 커피 선진국 일본에서도 예외에 속하는 일이다. 생두를 볶은 지 20년이 채 되지 않는 한국에서는 커피점 주인에게 물어보면 아직까지는 '커피에 관심 있는 사람이라고 반가워서'라도 친절하게 알려준다.

　커피를 우려내는 방식은 각 단계가 세분되어 있다. 볶은 지 얼마 되지 않은 신선한 커피를 재료로 한다는 것을 전제로 하고 들어가보자.

　먼저, 볶는 단계에서부터 맛이 달라진다. 커피는 약하게 볶느냐, 강하게 볶느냐에 따라 맛의 성질이 달라진다. 볶기는 보통 8단계로 나뉜다. '아주 약하게'에서 점차 올라가 '풀 시티 로스트'라 불리는 '조금 강하게'에서 '프렌치 로스트(강하게)' '이탈리안 로스트(아주 강하게)'에까지 이른다. 약하게 볶은 콩에서는 신맛이 많이 나고 강하게 볶을수록 쓴맛과 단맛이 많이 생긴다.

다음은, 어떤 열로 볶느냐 하는 것이다. 커피 볶는 방식은 철망에 커피를 넣고 불 위에서 손으로 흔들어 볶는 가장 원시적인 '수망(手網) 볶기'에서부터 가스불을 이용한 볶기, 전기를 이용한 열풍(熱風) 볶기에 이르기까지 다양하다. 가스불로 볶는 것이 가장 일반적인 방법이지만 그것도 볶는 사람의 개성에 따라 여러 가지 다른 맛이 나올 수 있다.

세번째는 커피를 뽑아내는 물의 온도에 따라 커피맛이 다르다. 92~95도까지 끓인 물로 커피를 적시면 컵에 다다를 때 80도가 되게 하고, 입에 들어갈 때는 70도 내외가 되게 하는 것이 가장 일반적인 방법이다.

네번째는 커피 양을 어떻게 조절하느냐 하는 것이다. 일반적으로 물 150시시에 커피 10그램이면 커피맛을 가장 적절하게 느낄 수 있다고 한다.

다섯번째는 커피콩을 가는 방식이다. 입자가 굵을수록 구수한 맛이 나고, 가늘수록 신맛이 난다. 커피를 뽑는 기구에 따라 입자 굵기를 정해야 하는데, 가장 강한 커피인 에스프레소에서는 입자를 가루처럼 곱게 갈아야 하고 유리컵에 눌러서 추출하는 프렌치 프레스에서는 굵게 갈아야 제맛이 난다.

흔히 쓰이는 방식은 커피 메이커라 불리는 기구와 드립퍼에 주전자로 물을 부어 추출하는 것이다. 커피 메이커는 가장 손쉬운 방식이기는 하지만 맛에 개성이 없어 고급 커피를 내는 데 한계가 있다. 주전자에 담은 물을 손으로 부어 뽑는 핸드 드립이 고전적이면서도 만드는 사람의 개성을 가장 잘 드러낸다. 핸드 드립에도 방식이 세 가지나 된다. 드립퍼라 불리는 커피 깔때기, 즉 독일에서 개발한 메리타, 일본의 칼리타·고노에 따라 맛의 미세한 차이를 느낄 수 있다. 이 밖에도 천을 이용해 커피를 거르는 방식이 있고, 사이폰도 커피 마니아들이 즐겨 사용하는 방식이다.

커피는 여기에서 끝나지 않는다. 세계 각지에서 생산된 다양한 커피를 어떻게 섞어 마시느냐에 따라 맛이 달라진다. 어느 종은 신맛이 강한 반면 쓴맛이 부족하고 어느 종은 그 반대라면, 그 둘을 섞어 신맛과 쓴맛을 한꺼번에 볼 수 있다.

스페셜티라 불리는 고급 커피를 뽑는 전문점에 가면 블렌드 커피가 스트레이트 커피(예멘 모카, 브라질 산토스, 케냐AA 등 한 가지 커피 종으로 뽑은 커피)보다 값이 싸다. 여러 고급 커피를 섞어 만들면 값이 올라가야 할 터인데, 오히려 싸다니? 커피를 섞으면 그만큼 풍부한 맛을 내기가 쉽기 때문이다.

반면 특정한 맛이 강한 스트레이트 커피를 만들 때는 훨씬 정교한 기술이 요구된다. 특정한 맛을 살리면서도, 그 커피에서는 부족한 다른 맛까지 정교하게 내야 하는 것이다.

에스프레소와 우유를 결합해 만든 카푸치노와 카페라테, 휘핑크림을 올려 만든 비엔나커피 등 커피는 첨가물에 따라 수십, 수백 가지의 맛을 낼 수 있다. 커피가 지닌 향이 8백 가지라고 하는데, 과장해서 말하면 8백 가지 이상의 커피를 뽑을 수 있다. 누구나 자기 입맛에 맞게 커피를 뽑아낼 수 있다면, 그것은 자기에게 가장 좋은 커피다. 뿐만 아니라 그것이 대중화한다면 자기 이름을 붙여도 무방하다.

커피를 뽑는 과정에는 이처럼 다양한 방식이 있는 까닭에, 커피맛은 곧 그 사람의 개성이라고 말할 수 있다. 일정한 수준에 오른 커피점이라면 '어느 집이 맛있고, 어느 집은 맛이 없다'는 말이 성립되지 않는다. '어느 집 맛은 어떻다, 내 입맛에는 어느 집이 맞는다'는 말이 정확하다.

나는 앞서 말한 보헤미안의 그 진하고 풍부한 맛도 좋아하지만, 박원준 씨가 볶는 '다도원' 커피도 퍽 좋아하는 편이다. 커피업계에서는 이른바 '쓰리 박'이라 불리는 커피 전문가가 유명하다. 보헤미안의 박이추 씨, 다도원의 박원준 씨, 커피맛을 판별하는 데 탁월한 미각을 지닌 박상홍 씨가 그들이다. 세 사람 모두 일본에서 커피를 공부했다.

다도원 커피는 여러 커피점에서 가져다 쓰고 있으나, 나는 그 커피를 마시고 싶을 때 방배동에 있는 '엘빈'을 찾는다. 다도원 커피의 그 깔끔하고 귀족적인 풍모를 유감없이 접할 수 있다.

대구의 유명한 커피점 '커피명가'의 맛은 강남역 부근의 '라퓨타'에서 볼 수 있고, 압구정동 '커피 볶는 집 크레마치노'는 세계 여러 나라의 최상급 원두를 들여와 다양하고 신선한 맛의 세계로 안내하는 곳으로 유명하다. 청담동에 가면 '커피미학'과 '하루에'라는 곳에 들를 만하고, 신림동에 가면 '시실리아'가 있다. 대학로에는 '에스프레소' '학림', 포항에는 '아라비카', 경주에는 '슈만과클라라', 울산에는 '빈스톡'이 있다. 저마다 다른 커피맛을 내는, 한국에서 커피 문화를 일구어가는 말 그대로 스페셜티 커피 전문점들이다.

내가 틈날 때마다 커피점을 찾고, 아침저녁으로 집에서 커피를 볶고 갈고 뽑아 하루에 적어도 일고여덟 잔씩 먹는 이유는 커피가 주는 상쾌한 기분과 커피가 지닌 마력 때문이다. 사람에 따라 커피가 몸에 맞지 않을 수도 있으나 나는 하루 열 잔을 마셔도 잠을 못 자거나 하는 일은 없다. 새벽 두세 시에 커피를 마셔도 잠은 잘 잔다.

내가 느끼기에 커피가 지닌 힘은, 몸에 해가 없는 각성제와 같은 것이다. 커피를 볶거나 원두를 갈 때, 물을 부어 추출할 때, 커피를 한 모금 입에 물었을 때 느껴지는 향 또한 만만치 않은 즐거움을 주지만, 커피를 마시면 정신이 맑아지는 듯한 느낌이 든다. 담배, 술, 차 같은 다른 기호식품과 달리 오묘한 맛과 더불어 정신이 번쩍 들게 하는 힘과 에너지를 느낄수 있다는 말이다.

작곡가 베토벤, 소설가 발자크 등 국내외 수많은 '커피 중독자'들이 예찬론을 펼쳤다. 그러나 나는 얼마 전에 접한 다음과 같은 말만큼 명쾌한 것을 보지 못했다. 박원준 씨가 어디에다 적어놓은 글이다.

"커피는 지적 활동의 윤활유입니다."

커피는 마시는 사람에게 만드는 재미와 마시는 기쁨, 정신에 활력을 주는 그만큼 신비로운 음료인 것이다.

공정거래로 '커피 농민' 살리자

2002년 9월 18일 오전, 캐나다 최고 대학으로 꼽히는 토론토 대학 교정에서 이색적인 행사가 열렸다. 몇몇 사람들이 "MAKE TRADE FAIR(거래를 공정하게)"라는 현수막을 내걸고 지나가는 이들에게 커피를 한 잔씩 건네주었다. 커피회사가 주최하는 시음회 같기도 했지만, 공짜 커피 한 잔에 담긴 의미는 그보다 훨씬 더 심각했다.

9월 24일 오후 6시, 토론토 서남쪽 론세스벨즈 거리에 있는 커피점 '얼터너티브 그라운즈'에서는 과테말라에서 온 한 중년 여성이 두 시간 가까이 열변을 토했다. 블랑카 로사 몰리나라는 이 여성은 "나는 지금 커피 농사를 짓고 있으며, 커피 농민을 살리는 '페어 트레이드(Fair Trade)'에 힘쓰고 있다. 커피 선진국 소비자들이 페어 트레이드에 좀더 적극적인 관심을 기울여주었으면 좋겠다"고 호소했다.

■■

커피콩을 따는 농민. 커피 공정거래는 직거래를 통해 거대 자본에 의해 수탈당하는 농민들을 돕자는 운동이다.(위)

커피 공정거래의 공식 로고. 전세계 어디든 이 로고가 붙어 있는 커피점에서는 전통적인 유기농 방식으로 재배된 커피를 팔고 있다.(아래 왼쪽)

'얼터너티브 그라운즈' 라는 공정거래 커피점의 광고 팸플릿이다. 가난한 커피 농민의 모습을 담아 손님들에게 공정거래 커피를 사용해줄 것을 호소하고 있다.(아래 오른쪽)

9월 18일부터 25일까지 토론토의 다른 대학과 거리에서도 페어 트레이드 커피와 관련해서 각종 행사가 열렸다. 캐나다의 토론토, 퀘벡뿐만이 아니다. 같은 기간에 영국, 아일랜드, 독일, 벨기에, 네덜란드, 스페인, 인도, 호주 등지에서도 역시 같은 주제를 내건 행사가 대대적으로 열렸다. 지난 4월 11일에는 다섯 대륙 25개국에서 커피의 공정한 거래를 요구하는 행사가 마련되어 커피를 마시는 이들의 관심을 끌기도 했다. 커피 페어 트레이드 행사는 이후에도 훨씬 더 자주, 갈수록 강도 높게 열리고 있다.

커피 한 잔 가격의 1퍼센트만 농민에게 돌아가

전세계에서 진행된 이 행사의 주체는 옥스팜(OXFAM, Oxford for Famine Relief)이다. 1942년 '빈민 구제'를 목표로 설립되어 세계 11개국에 지부를 둔 이 단체는 최근 커피 문제에 큰 관심을 기울이고 있다. 지난 몇 년 사이에 커피 농사를 짓는 세계 70여 나라 농민 대부분이 빈민으로 전락했기 때문이다.

비극은 공급 과잉에서 말미암았다. 이를테면 1997년 5월 1파운드당 3.05달러 하던 커피가 2002년 수확기에는 0.50달러까지 떨어졌다. 말 그대로 뼈 빠지게 농사를 지어보았자 이익은커녕 생산 비용도 건지지 못할 정도로 커피콩 가격이 폭락한 것이다. 세계인이 가장 좋아하는 음료인 커피 속에 농민의 땀과 피와 한숨이 담겨 있는 셈이다. 게다가 커피의 유통 경로가 워낙 복잡해 우리가 마시는 커피 한 잔 가격의 단 1퍼센트만이 농민에게 돌아갈 뿐이다.

과테말라 커피 농민 블랑카 로사 몰리나 씨에 따르면, 과테말라에서는 올 한 해 이미 3만여 커피 농가가 가난을 못 이겨 고향을 등졌으며, 30만 명이 북쪽 수도 인근으로 몰려가 정부의 구호를 기다리고 있다. "하지만 과테말라 정부도 뾰족한 대책을 내놓을 수 없다는 것이 심각한 문제"라고 한다.

'옥스팜 캐나다'에서 활동하는 티나 콘론 씨는 "중앙아메리카, 아프리카, 아시아에 걸쳐 2,500만 명이 넘는 커피 농민이 똑같은 운명에 처해 있다"고 강조했다. 커피가 세계인의 사랑을 받는 기호식품으로 떠오른 이래, 지금과 같은 위기를 맞은 적은 없었다는 것이다.

옥스팜 관계자들은 그 원인을 두 가지로 꼽는다. 먼저 세계은행(IBRD)과 국제통화기금(IMF)이 커피 생산국들에 커피를 무조건 많이 생산하라고 독려했기 때문이다. 커피를 생산하는 나라들은 이상하게도 한결같이 가난한 개발도상국인데, 세계은행과 국제통화기금은 공급 과잉이 초래할 위기 같은 것에는 아랑곳하지 않았다는 것이다.

베트남, 브라질 이어 2위 생산국으로 떠올라

그 결과 지난 10년 사이에 수십 년 동안 움직일 줄 모르던 커피 생산국의 순위까지 뒤바뀌었다. 생산량에서 10위권에도 들지 못하던 베트남이 최근 브라질에 이어 2위로 떠올랐다. 베트남 같은 '스스로도 원치 않는 신데렐라'가 탄생했으니, 커피 가격이 끝없이 추락하는 것은 당연한 일이다.

옥스팜 관계자들이 꼽는 두번째 원인은, 세계적인 커피회사들의 '농간'

이다. 옥스팜은 문제의 대형 커피회사들을 이른바 '빅4'로 꼽았다. 전세계 커피콩 유통량(커피는 세계적으로 석유 다음으로 유통량이 많다)의 절반을 장악하고 있는 네슬레, 사라 리, 프록터 앤드 갬블, 크래프트가 가격 하락을 부추기고 있다는 얘기다.

세계 커피산업의 '빅4'는 생산자들로 하여금 '제 살 깎기 경쟁'을 하도록 부추겨 가장 값싼 커피를 구입한 뒤, 구미나 일본과 같은 이른바 대형 커피 소비국에는 평소와 같은 가격으로 넘겨 엄청난 폭리를 취하고 있다는 것이다. 커피 생산자들은 자녀들을 학교와 병원에도 보내지 못하는 절대 빈곤에 시달리는 반면, 커피 유통·가공업체들은 사상 최고의 호황을 구가하고 있다. '커피 농민 돕기 운동'을 강력하게 펼치는 옥스팜은 이 운동에 동참하는 이들에게 '빅4'에 항의 메일을 보내거나 전화를 하라고 요청하고 있다.

옥스팜이 커피 농민을 돕는 장기적이고 가장 효과적인 대안으로 꼽는 것이 바로 페어 트레이드다. '공정한 거래'를 뜻하는 페어 트레이드는 세계 커피산업의 불공정한 거래를 바로잡자고 나선 일종의 '세계 커피 시민운동'의 이름이다. 1988년 네덜란드에서 시작되어 유럽과 북미, 일본 등 17개국으로 퍼져나갔고 최근에는 코코아, 꿀, 주스, 설탕, 차에까지 영역을 넓혔다. 이 운동이 지향하는 것은 간단하다.

이른바 '코요테'라 불리는 지역 중간 상인과 대규모 커피 유통상을 통해서가 아니라, 커피를 직접 볶아 파는 작은 커피점 10여 개가 연합해 생산지의 농민 연합체와 직거래한다는 점이다. 세계의 커피 가격은 보통 '뉴욕

스톡 익스체인지'에서 결정되는데, 페어 트레이드는 여기에도 구애될 필요가 없다.

1998년 캐나다 토론토에서는 처음으로 페어 트레이드 운동에 가담한 얼터너티브 그라운즈의 린다 번사이드 사장은 "페어 트레이드는 커피 시장의 사회적, 경제적 불의를 깨뜨리는 운동이지 자선사업이 결코 아니다"라고 강조했다.

페어 트레이드가 전통적인 '언페어 트레이드'와 다른 점은, 커피 구입 비용을 농민에게 미리 지급해 최저 생계비를 우선 보장해준다는 것이다. 페어 트레이드는 한 걸음 더 나아가 소규모 커피점 공동체가 소규모 농민 공동체와 지속적으로 거래해서 발전을 함께 도모한다는 슬로건을 내걸고 있다.

페어 트레이드는 일종의 환경운동

커피점 얼터너티브 그라운즈의 린다 번사이드 사장의 말처럼 페어 트레이드는 일종의 환경운동이기도 하다. 그 이유는 페어 트레이드 덕분에 커피 산지에서 전통적인 커피 재배 방식을 다시 사용하고 있다는 점 때문이다. 한국에서 비료와 농약을 치지 않은 쌀이 인기를 끌듯, 구미에서도 전통적인 방식으로 재배한 커피가 소비자들로부터 환영받고 있다.

세계 커피 시장에서 아직까지는 큰 힘을 쓰지 못하지만(캐나다에서는 전체 커피 소비량의 1퍼센트), 페어 트레이드 운동은 세계적으로 큰 관심을 모으고 있다. 한국 대구에 있는 커피점 '커피명가' 안명규 사장은 지난봄 미국 샌프란시스코 식품전(SACA)에서 페어 트레이드 부스를 처음 보았다고 말했다. "전반적으로 콩이 좋아 보였고 운동 자체에 힘이 넘쳤다. 좋은 콩 구하는 것이 커피업자들의 가장 큰 관심사이고, 무엇보다 명분이 뚜렷한 만큼 기회만 된다면 페어 트레이드를 마다할 이유가 없다."

미국의 한 작은 도시에서는 시민이 투표를 해 그 도시 커피점들이 페어 트레이드 커피만 쓰도록 하자고 결의했다는 소식도 들려온다. 인터넷(www.maketradefair.com)을 통해 전세계 커피 소비자들의 동참을 호소하고 있는 옥스팜은 올 10월부터 좀더 구체적이고 강력한 활동에 돌입한다. 먼저 질 낮은 커피를 시장에서 추방함으로써 커피 공급을 원활하게 한다는 프로그램을 가동할 계획이다.

커피는 '착취'를 먹고 자란다

2002년 9월 18일 페어 트레이드 행사가 열린 세계 여러 도시 가운데 눈길을 가장 많이 모은 곳은 영국 런던이다. 옥스팜이 홈페이지에서 소개한 영국 행사에는 당나귀 여섯 마리가 등장했다. 당나귀는 커피 생산국에서 전통적으로 이용해온 운송 수단. 옥스팜 런던은 당나귀에 커피 재고품을 싣고 '빅4'로 항의하러 가는 이벤트를 열었다.

당나귀가 항의의 상징물로 등장한 것은, 커피 생산국에서 지금도 이처럼 전근대적인 방식으로 커피를 수확하기 때문이다. 쌀이나 밀 농사야 벌써 기계화했지만 커피 농사는 기계화가 거의 불가능하다. 커피나무 파종에서부터 수확에 이르기까지 모든 공정을 사람의 손으로 직접 해야 하는 까다로운 작업이다.

커피나무는 적도를 기준으로 북위 25도와 남위 25도 사이에서만 자란다. 그곳을 이른바 '커피 존'이라 부르는데, 커피 존이라고 해서 커피 농사를 다 지을 수 있는 것은 아니다. 한국에서 인기 있는 인스턴트커피의 원료인 '로부스타'는 해발 1천 미터 아래에서 자라지만, 세계 커피의 주류를 이루는 '아라비카'(한국에서는 '원두커피'라 불린다)는 해발 1,500~2,000미터 사이 고산지대에서 자란다. 커피 이름 가운데 '블루마운틴'이니 '킬리만자로'니 하는 것은 바로 그 산지를 일컫는다.

가파른 산에서 경작되다보니 커피를 운송할 뾰족한 방법이 없다. 가난한 커피 농가들이 경비행기나 헬리콥터를 동원할 수는 없는 노릇이다. 그러니 손으로 일일이 딴 커피콩을 자루에 담아 당나귀 등에 싣거나 사람이 짊어지고 내려가야 한다. 평지에서 껍질을 까고 말리는 것도 모두 손으로 이루어진다. 생콩을 자루에 담는 순간부터 기계에 의존하는데, 그때가 커피가 농민의 손을 떠나는 시점이다.

커피는 지구촌 남북문제를 전형적으로 보여주는 식품이다. 생산지는 아프리카, 중남미, 아시아에 편중되어 있고 주요 소비지는 유럽, 북미, 일본과 같은 선진국이다. 제3세계의 생산물을 '빅4'와 같은 공룡 회사들이 헐값에 사들여 선진국에 비싼 가격을 받고 넘기는 전형적인 착취 구도 속에 놓여 있는 것이다. 커피에도 석유수출국기구(OPEC) 같은 기구가 있으나 '빅4' 앞에서 유명무실할 뿐이다.

"당신이 마시는 그 커피잔 속에는 농민의 가난이 들어 있다."

페어 트레이드가 올해 이벤트에 내놓은 구호 중 하나이다. 페어 트레이드는 선진국과 제3세계 사이를 연결하는 착취의 사슬을 끊자는 운동이다.

느리게 가는 버스
－캐나다에서 바라본 세상

ⓒ 성우제 2006

1판 1쇄 | 2006년 12월 20일
1판 2쇄 | 2007년 2월 5일

지은이 | 성우제
펴낸이 | 정홍수
펴낸곳 | (주)도서출판 강
출판등록 | 2000년 8월 9일(제2000-185호)

주소 | 서울시 마포구 서교동 460-45(우121-841)
전화 | 325-9566~7
팩시밀리 | 325-8486
전자메일 | gangpub@hanmail.net

값 10,000원
ISBN 89-8218-095-8 03810

이 도서의 국립중앙도서관 출판시도서목록(CIP)은 e-CIP 홈페이지(http://www.nl.go.kr/cip.php)에서
이용하실 수 있습니다. (CIP제어번호: CIP2006002676)